DU MÊME AUTEUR

Aux Éditions Denoël

LES CHEMINS NOIRS, 1988 (Folio n° 2361). Prix Populiste 1989.

TENDRESSE DES LOUPS, 1990 (Folio n° 3109).

LES NUITS D'ALICE, 1992 (Folio n° 2624). Prix spécial du jury du Levant 1992.

LE VOLEUR D'INNOCENCE, 1994 (Folio n° 2828).

OÙ SE PERDENT LES HOMMES, 1996 (Folio n° 3354).

ELLE DANSE DANS LE NOIR, 1998 (Folio n° 3576). Prix Paul Léautaud 1998.

ON NE S'ENDORT JAMAIS SEUL, 2000 (Folio n° 3652). Prix Antigone 2001.

L'ÉTÉ, 2002 (Folio n° 4419).

LETTRE À MES TUEURS, 2004 (Folio Policier n° 428).

MAUDIT LE JOUR, 2006 (Folio n° 4810).

TU TOMBERAS AVEC LA NUIT, 2008 (Folio n° 4970). Prix Nice Baie des Anges – Prix Monte Cristo.

Aux Éditions Gallimard

LA FIANCÉE DES CORBEAUX, 2011 (Folio n° 5476). Prix Jean Carrière 2011. Prix Mouans Sartoux 2011.

SOUS LA VILLE ROUGE, 2013 (Folio n° 5852).

JE ME SOUVIENS DE TOUS VOS RÊVES, 2016 (Folio n° 6390). Grand Prix littéraire de Provence 2016.

LES VIVANTS AU PRIX DES MORTS, 2017 (Folio n° 6573). Prix spécial du jury du Prix de l'Évêché 2018. Prix des lecteurs Gallimard 2017.

Aux Éditions Syros

MARILOU ET L'ASSASSIN, « Souris noire », 1990.

Aux Éditions Bayard Jeunesse

LA NUIT DE L'ÉVASION, 1998.

DERNIER ARRÊT AVANT L'AUTOMNE

RENÉ FRÉGNI

DERNIER ARRÊT AVANT L'AUTOMNE

roman

nrf

GALLIMARD

Pour tous ceux qui trouvent dans les livres
un peu de réconfort, de paix et d'évasion.

Pour ma mère, encore,
qui m'a lu de si beaux livres,
les soirs d'hiver, dans notre cuisine de Marseille,
au-dessus des jardins.

Est-ce que moi, j'ai tué la vieille ? C'est moi que j'ai tué, et non la vieille. Comme ça, d'un coup, c'est moi que j'ai assassiné, à jamais !... La vieille, c'est le diable qui l'a tuée, et non pas moi.

FIODOR DOSTOÏEVSKI

Les dimanches, surtout en fin d'après-midi, et si vous êtes seul, ouvrent une brèche dans le temps. Il suffit de s'y glisser.

PATRICK MODIANO

1

LE MONASTÈRE

vie avec ces deux silhouettes. Je vais les saluer chaque matin pendant que mon café passe à travers le filtre. Je vis sous ces grands arbres qui brassent la lumière au-dessus des toits. Je vis avec les voûtes, les couloirs sonores, le tambour d'une fontaine. Je rôde nuit et jour autour de ces vieux murs, j'écoute les courants d'air qui fouillent les galeries du cloître. Je vis avec des mots qui tournent dans ma tête et une cloche sur la chapelle qui ne parle qu'avec le vent.

J'ai passé ma vie à chercher des vallons perdus, semblables à celui-ci, des cabanons écartés pour lire des journées entières dans un silence de feuilles. Je lis quelques pages, je lève les yeux, un nuage glisse dans la lumière… J'écoute cette forêt tout autour, elle respire, palpite, frémit, s'égoutte des pluies de la nuit. Mon pas craque, quelque chose détale, s'envole, une branche délestée fouette le feuillage. Je n'ai jamais été entouré d'une telle qualité de silence.

Le matin, autour du monastère, les toiles d'araignées couvertes de rosée brillent comme des méduses au milieu des prés. Juste avant la nuit, j'écoute le « krraah… krraah… » long et éraillé des corbeaux freux qui nichent à la cime des marronniers. Le bleu limpide du soir souligne leur vol noir et lourd. À la moindre brise, des feuilles rousses viennent se poser sur mes épaules.

Les moines qui ont vécu ici étaient moins seuls que moi, quelques dizaines sans doute, à partager travail, prières, repas. Étaient-ils tenus au silence ? Ma vie est bien plus solitaire et monacale que la leur. Au début de l'été, j'ai pensé un moment que je pourrais écrire un roman sur la vie de Bernard de Clairvaux et la mienne. Le lien serait ce monastère, le silence de ces murs. Mille ans de silence peuplés d'ombres.

Je ne connaissais rien de ce moine. J'ai consulté mon petit ordinateur portable, ici c'est tout ce qui me relie au monde, avec le téléphone fixe qui se trouve dans la maison du gardien et dont je ne me suis servi que deux fois.

J'ai appris que Bernard de Clairvaux était né en 1090 et mort soixante-trois ans plus tard dans l'abbaye qu'il avait créée.

Enfant brillant, littéraire, il devient très jeune l'un des promoteurs de l'ordre cistercien. Il fustige les mutations de son époque, lit Cicéron, Virgile, Ovide. Il a vingt-deux ans lorsqu'il entre à l'abbaye de Cîteaux. Il prône le retour à la simplicité de la vie quotidienne, à la pauvreté, au silence, au travail manuel. Il donne l'exemple d'une vie ascétique et rude.

En 1115, le jeune homme, à la tête d'un groupe de moines cisterciens, crée dans une clairière isolée « Claire vallée », l'abbaye de Clairvaux. Il en est élu abbé et le demeure jusqu'à sa mort. Dès lors il combat tout ce qui n'est pas frugalité, austérité. Il critique sévèrement les bénédictins dont la vie est plus légère, divertissante, dira-t-il. Il est marqué par la pénitence, fait subir à son corps de cruels traitements. Il est pour une église dépouillée, contre le luxe, l'or et les ornements.

Il devient un moine intransigeant, sans concessions, un moine habité par l'absolu.

Le monastère doit être sobre et ne mener qu'au silence, ses bâtiments épurés sont conçus pour atteindre l'humilité, le travail intérieur. L'austérité est dans chaque pierre, porte, couloir. Les cisterciens doivent quitter le monde pour se rapprocher de Dieu. « Rien ne manque à ta prudence, dit-il, ni le silence ni les mots… »

Les mots vont-ils revenir se poser sur moi, comme les feuilles rousses qui tombent des grandes frondaisons lorsque j'erre inlassablement dans ce vallon ?

Durant tout le mois de juillet, je suis allé tourner autour de Bernard de Clairvaux, j'ai touché son visage, son poignet coupé, ses pieds. Je lui ai parlé, même la nuit. Je suis entré souvent dans la chapelle par la petite porte dérobée qui communique avec le cloître, vers 3 heures de l'après-midi, lorsque la chaleur hors des murs est torride. J'ai longuement observé le chœur, le grand plafond voûté chaulé de bleu, la poussière bleue qui danse dans un entonnoir de lumière derrière les vitraux. Il m'a semblé parfois entendre le bourdonnement lointain d'une prière, ce devait être le chant de l'eau dans la vasque de marbre de la fontaine.

Au fil de l'été, je me suis rendu compte que cet univers n'était pas le mien, ma solitude n'était pas la sienne. Je n'étais qu'un hasard au milieu de ces murs, un écrivain tari, une ombre errante. Je ne suis pas un ascète, j'ai horreur de souffrir. Je ne sais pas ce que le mot luxe veut dire, ma plus grande richesse est tout ce temps qui m'appartient, que j'ai arraché des griffes des trente-six petits boulots qui mangeaient ma jeunesse. Je suis le seul maître des heures, des jours, des saisons. J'ai passé ma vie à chercher un mot, à tâtonner vers le suivant dans une gare, un port ou au milieu de la nuit. Les chemins où je marche ne mènent qu'à des songes.

À quoi rêvaient ces moines ? J'ai profité de tout et personne n'aura volé un morceau de ma vie. Je suis arrivé ici avec dans mon sac deux jeans, quelques tee-shirts, trois pulls, mon blouson et mes chaussures de marche. Je n'ai besoin que de liberté.

Je serais incapable d'écrire le début d'un chapitre sur la vie de Bernard de Clairvaux, il est si éloigné de la mienne. N'importe quel historien ferait bien mieux que moi. Toutes ces recherches, cette somme colossale de travail, d'enquêtes, de patience, de rencontres. J'ai horreur de ces rendez-vous laborieux un carnet à la main, tous ces trains qu'il faut prendre, ces hôtels… Mille autres l'ont fait avant moi dont c'était le métier. Je ne connais rien à la vie des églises, des chapelles, des schismes, à ces volumes de liturgie, ces bréviaires, rien aux cérémonies, offices, sacrements, litanies. Je ne connais aucun rite. Je ne sais pas à quoi servent l'aspersion, la consécration, l'onction et le salut. Je ne suis entré dans les églises que parce que c'était beau ou frais. Je ne m'agenouille que pour chercher des champignons en octobre.

Je ne suis pas venu ici pour rencontrer Dieu, j'y suis

venu pour aller un peu plus loin dans le tumulte de ma vie qui avance trop vite. Pour observer ma vie dans un immense miroir de silence.

J'ai regardé dans le poignet creux de Bernard de Clairvaux, il n'y a rien ! Je suis encore plein de sang, de désirs, d'inquiétudes et de mots, et quelqu'un qui n'est pas Dieu met chaque mois mille euros sur mon compte. Si je n'écris plus rien, quelle importance, je suis un gardien jardinier plus libre que le vent.

Jardinier, je le suis. Dans l'enveloppe cartonnée que Pascal m'a remise au printemps, il y avait quatre énormes clefs et une plus petite et plate. Une clef pour la maison du gardien, une pour celle de l'évêque, une pour le cloître, la plus lourde pour la chapelle. J'ai eu un peu de mal à trouver ce qu'ouvrait la cinquième. J'ai fini par apercevoir une porte en fer, dissimulée sous un monceau de ronces, derrière la chapelle. Cette porte s'ouvre sur une grotte très profonde creusée dans le poudingue. Une galerie voûtée de près de vingt mètres de long.

J'ai trouvé là tous les outils dont j'avais besoin. J'ai dû démonter le moteur de la débroussailleuse, elle n'avait pas tourné depuis au moins deux ans. Je n'aime pas trop me servir de cette petite machine hystérique dont le fil casse souvent. Je préfère un bon sécateur, un couteau-scie, une hache. Je n'ai pas pu éviter de faire hurler cet engin féroce pendant trois jours. La broussaille avance à une allure, en cinq ans elle avale n'importe quels hameau, château, forteresse abandonnés. Le sécateur ensuite n'est que plaisir, du travail d'artiste, de la dentelle.

Qui gardait, entretenait ce monastère avant moi ? Je n'en ai trouvé aucune trace. Les outils cependant étaient propres, bien rangés et en très grand nombre. J'ai été étonné par l'alignement d'une collection de faucilles, de toutes tailles, suspendues à la paroi de safre, aussi étincelantes que des rasoirs. Et de quoi équiper une armée de paysans en bêches, pioches, pelles, sarcloirs et râteaux.

Une fois en marche, la débroussailleuse mobilise tout le corps, les épaules, les reins, les cuisses, chaque doigt de pied, tous les muscles du ventre. Les mains s'agrippent au guidon comme à des bois de cerf, les yeux ne peuvent lâcher une seule seconde, au bout de la perche, le fil enragé qui déchiquette tout ce qu'il touche et vos oreilles. Quand on arrête cette furie, on est trempé et vert de jus des pieds à la tête. On découvre dans l'herbe rase une petite couleuvre coupée en trois, un hérisson haché, cent débris de plastique.

Quel bonheur ensuite d'enfiler des gants de cuir, d'attraper un sécateur. Le monde se recompose lentement. On entend juste au-dessus le chant d'une alouette, on aperçoit la tête vert et gris d'un lézard dans la fente d'un mur, le jaune bouton-d'or d'un papillon qu'on n'a jamais vu, on en a pourtant fait s'envoler des millions depuis qu'on marche dans les prairies, les montagnes, les plaines. Même le cri agaçant d'une tourterelle est un délicieux repos.

Le premier mois, j'ai nettoyé les abords du monastère.

La sauvagerie de la colline avait surtout attaqué par-derrière, la muraille nord du cloître. Les rares fenêtres étaient aveuglées d'un lierre gras et lourd qui soulevait les tuiles. Je me suis concentré ensuite sur le jardin en amphithéâtre des moines. Une dizaine de gradins en arc de cercle soutenus par de petits murs en pierre sèche : orties, sureaux, lianes et épines de ronces qui vous agrippent veste et pantalon et vous tirent de tous les côtés à la fois.

Je ne pensais à rien, les journées étaient brèves, je rentrais trempé jusqu'aux os, ravi. Je les ai gagnés mes mille euros le premier mois. Je m'abattais sur un vieux lit à ressorts. Je dormais comme un loir.

Je ne sortais la tête de la broussaille que pour observer plus bas, dans la vallée du Colostre, un micocoulier qui se mettait à fumer des milliers d'étourneaux. Ils noircissaient le ciel de leurs volutes, passaient sur le monastère par petits nuages dansants et filaient vers l'étoile de Moustiers-Sainte-Marie.

C'est en libérant un petit olivier mangé par une colonie de bambous, vers la mi-juillet, que je l'ai aperçu pour la première fois. J'ai cru que quelque promeneur avait oublié sur l'herbe une pelote de laine blanche. J'ai fait un pas, la pelote a fait un bond. C'était un chaton qui n'avait pas plus de trois mois. Il a disparu dans un genévrier. Chaton sauvage ? C'était bien le premier chat que je voyais depuis mon installation dans ce vallon.

Le lendemain, la pelote était là, assise près du genévrier. Je n'ai pas fait un pas. J'ai travaillé tout le matin, la boule blanche dans le coin de mon œil. J'ai fait mon petit train, de la grotte à outils à l'amphithéâtre. Je suis allé casser la croûte à midi, j'ai fait un somme. À mon retour, il n'avait pas bougé. Il ne m'a pas lâché une seconde.

Le jour suivant, il est arrivé avant moi sur le chantier et s'est assis un peu plus loin du genévrier, un peu plus près de moi. Son petit manège a duré une semaine. Fallait-il qu'il soit craintif. Il se rapprochait de deux mètres par jour, pas un de plus. D'où sortait-il ? Il n'y a pas la moindre ferme à moins de deux kilomètres à la ronde, aucune résidence secondaire. L'avait-on abandonné au bord de la départementale ? Il suivait chacun de mes gestes.

Un soir, il s'est mis à me parler avec beaucoup de timidité d'abord, puis une certaine conviction. Depuis huit jours, il m'étudiait. Sans interrompre ma tâche, je lui ai demandé ce que faisait sa mère. Il m'a répondu en gueulant. Je me suis presque senti responsable de sa situation. Je me suis accroupi pour ramasser mon sécateur, il m'a sauté sur l'épaule. J'ai été plus surpris que lui.

Cinq minutes plus tard, il était dans ma main et je caressais doucement sa jolie tête ronde. Son petit moteur s'est mis en marche, sans doute pour la première fois de sa vie. Je crois que je n'avais jamais entendu un chaton ronronner avec un tel enthousiasme. Je lui ai dit : « Toi tu t'appelles Solex ! »

Le bruit et les vibrations qu'émettait cette petite boule de poils me rappelaient soudain ma jeunesse, sur toutes les routes de Provence que je sillonnais alors, chevauchant ce vélo Solex que j'adorais et qui me transportait vers tous les bals de village où j'espérais rencontrer un soir la plus belle jeune fille du monde.

Depuis, il ne me quitte pas d'une semelle. Où que j'aille dans le monastère, il est là, au milieu de mes jambes. Une fois dans ma vie au moins j'aurai su ce qu'est être une bonne mère.

Je me suis très vite rendu compte, en le renversant dans mes bras pour caresser son ventre, que ce chaton était une petite fille. Une jeune chatte toute blanche, aux oreilles et à la queue marron glacé. Elle me fixait de ses yeux ronds plus bleus que le ciel, et dès lors, même sa vraie mère n'aurait pu la faire revenir à la maison.

Solex n'a plus voulu dormir ailleurs que dans mon cou. Durant toute la fin de l'été, que je taille, bêche, arrache ou sarcle, elle était là, ses deux billes bleues rivées au moindre de mes mouvements. Lorsque je déambule dans le cloître ou la forêt, elle me dépasse en trois bonds de plume et roule sur son dos, pattes en l'air, pour que je lui gratte le ventre. Elle répète l'opération tant que je ne l'ai pas prise dans mes bras. Elle peut se rouler ainsi cent fois par terre, juste devant moi, sur la mousse des chemins ou les dalles des couloirs. C'est tellement rigolo que je fais semblant de ne pas voir ses manigances. J'avance. Je finis par craquer. C'est souvent gauche et maladroit un chaton, c'est toujours monstrueusement gracieux.

Depuis quelques jours, l'ombre est plus fraîche sous les arbres. Avec les pluies d'octobre qui ont dû être très fortes dans les montagnes, j'entends rouler le Colostre plus bas, sous les peupliers, et la brume est plus bleue le soir. Les prés sont redevenus verts et gras en trois nuits. Quelques flammes sont apparues sur les coteaux, les érables d'abord puis les plus hauts rameaux des pistachiers térébinthes. Maintenant, c'est toute la forêt qui s'embrase et les petits vergers que j'aperçois au loin quand je monte sur la colline, derrière la chapelle. Les abricotiers s'entourent de cercles d'or et les cerisiers filent en longues allées pourpres. Je vois s'élever des tresses de fumée avant le crépuscule, là où il doit y avoir des fermes que je ne vois pas, sous des bouquets de platanes ou de marronniers.

Je fais une flambée vers 6 heures avec le bois que je ramasse dans la journée, à deux pas du monastère. Il y aurait de quoi se chauffer pendant un siècle, tous les chemins sont obstrués de branches mortes arrachées par le mistral. Plus personne n'entretient ces forêts, et à part quelques chasseurs qui s'y fraient un passage, pendant l'automne, personne ne s'y aventure jamais.

De temps en temps, j'entends le ploc étouffé et lointain d'un coup de fusil. Il y a surtout des sangliers par ici qui dévastent les cultures. Parfois j'aperçois un chevreuil, une biche, ils savent que rien de mauvais ne surgira de ces murs écrasés de silence.

Solex saute sur mon ventre et pendant des heures nous regardons danser les flammes orange et bleues. Comme chez tous les chatons et les bébés, sa tête est plus développée que son corps ; machinalement je la caresse en regardant les bûches s'effondrer dans la braise. C'est un plaisir dont on ne se lasse pas et qui dure depuis que le premier chat a rencontré le premier homme. Un bon feu, cette petite fourrure duveteuse qui vibre sur mon ventre, des murs d'un mètre d'épaisseur autour de nous, la nuit qui vient. Que demander de plus à l'automne ?

J'ai acheté un gros cahier à Riez, le plus épais que j'aie trouvé, avec marge rouge et fins interlignes, et je me suis installé sur le bureau en bois massif de l'évêque, flanqué de tiroirs, à deux pas de la cheminée. Avant le jour ou le soir, je m'y assois et je trace quelques mots, en m'appliquant comme un écolier. J'ai toujours aimé commencer l'automne en ouvrant un cahier.

De tout l'été, je n'ai pas écrit trois mots. Ai-je ouvert un livre plus de dix minutes ? Je défrichais, je jardinais, je sillonnais les collines et je caressais la tête et le ventre de Solex. Être dehors dès l'aube, avec mon petit compagnon, suffisait à mon sommeil, et j'étais persuadé que je n'écrirais plus jamais rien.

Aujourd'hui, mi-octobre, je n'ai rien de plus à raconter, pas la moindre idée d'un roman, pas le début d'une minuscule nouvelle. J'avais simplement envie de m'installer devant ce bureau, qui a dû en voir défiler des mots, et de dessiner à l'encre bleue le contour de mes journées depuis que je suis arrivé ici.

Quel bonheur de faire glisser une plume sur du papier

blanc, sans se dire qu'il faut absolument raconter quelque chose de sensé, de construit. J'avais oublié ce plaisir unique qui aura été le plus fidèle ami de ma vie.

Je débouche mon encrier, je dévisse mon stylo et, à l'aide d'une petite molette que je tourne, je remplis la pompe d'une belle encre bleue presque noire. Je range prudemment mon encrier et je commence à dessiner ces mots qui ne veulent rien dire et me procurent un tel bonheur.

Il y a un si vaste silence dans ce petit vallon qu'à chaque ligne je retrouve toute ma vie, mes parents sont là soudain, le jardin de mon enfance, les soirs d'hiver dans notre cuisine, l'odeur des feux de broussailles dans cette banlieue de Marseille encore maraîchère, les parties de ballon dans l'impasse à la sortie de l'école, jusqu'à la nuit, l'arrivée des grosses chaleurs et la fermeture des classes, ce calvaire qui empoisonnait toute mon enfance.

Aujourd'hui, j'écris sur un bureau d'évêque, dans l'un de ces cahiers qui me faisaient si peur. Je revois tout, les lilas sous nos fenêtres, les roses trémières, l'acacia mangé par les vers qui fleurissait chaque année, la rampe en noyer de notre escalier, si soyeuse, les tomettes rouges. Pendant que j'écris toutes les odeurs reviennent, aussi précises que dans nos rêves. Celle de l'huile du vélomoteur de mon père dans le couloir, l'odeur du livreur de charbon, celle des dortoirs des colonies de vacances de la ville de Marseille où j'ai été si malheureux. Toutes les odeurs merveilleuses du petit village de Saint-Maime où nous passions le mois de septembre, le moût de raisin, le fumier de poules, l'odeur de la rivière ces après-midi encore brûlants de fin d'été, celle du salpêtre dans les caves où nous nous cachions le soir.

J'écris le mot tilleul et je suis tout de suite sous un tilleul, le mot lessive et je revois ma mère étendre des draps dans la lumière du jardin et la joie de sa jeunesse. Rien n'est plus magique que l'écriture, elle va chercher des débris de vie dans des replis secrets de nous-mêmes qui n'existaient pas cinq minutes plus tôt. On croit avoir tout oublié, on allume une lampe, on se penche sur un cahier et la vie entière traverse votre ventre, coule de votre bras, de votre poignet dans ce petit rond de lumière, un soir d'automne, dans n'importe quel coin perdu de l'univers.

Je sais maintenant qui était assis à ma place il y a cent cinquante ans, là, devant ce bureau : monseigneur Joseph-Antoine-Henri Jordany, né à Puimoisson et mort à Riez, alors évêque de Fréjus et de Toulon. Parmi d'épaisses liasses de documents, j'ai déniché dans l'un des tiroirs du bureau l'histoire de ce monastère.

L'évêque Henri Jordany qui possède des terres, ici à Ségriès, sur la paroisse de Moustiers-Sainte-Marie, propose à la congrégation cistercienne de Sénanque, vieille abbaye du Vaucluse, de créer une fondation sur son domaine. Il déclare se dépouiller, en faveur de cette congrégation, de ses biens sous la seule réserve de conserver, sa vie durant, la maison d'habitation qu'il se fait construire à côté du nouveau monastère. Cette belle demeure de pierre dans laquelle je suis installé depuis les pluies d'octobre.

L'abbaye de Sénanque accepte, le Saint-Siège approuve, les pères cisterciens peuvent arriver dans ce diocèse. Une colonie de religieux est accueillie par Henri Jordany dans ce vallon perdu au milieu de nulle part. Si désolé ce repli de colline que la devise du monastère est : « Et nous, nous avons été séparés du troupeau. » Le troupeau étant alors à Sénanque.

À quoi pouvait ressembler l'évêque Henri Jordany qui avait écrit pendant des années, sans doute à l'encre bleue, comme moi, sur ce bureau où sans m'en rendre compte je me remets à écrire. Écrivait-il de la poésie ? Tenait-il un journal ou plus prosaïquement les comptes de la nouvelle fondation ?

Que peut écrire un évêque en 1864, pendant qu'une vingtaine de moines dégoulinent de sueur dans leurs amples tuniques blanches, en piochant comme des damnés pour ouvrir dans la caillasse et les ginestes les premières tranchées du monastère ?

Six ans plus tard le cloître est achevé, la chapelle couverte, et les vingt moines fabriquent une eau-de-vie d'orange pour l'ordre de Cîteaux et bêchent une maigre vigne en terrasses qui donne un vin qui tord la bouche.

La communauté végète pendant vingt ans dans ces collines arides où l'on grelotte en hiver, où les étés sont torrides. Monseigneur Jordany, dubitatif et prévoyant, rachète l'île de Saint-Honorat, au large de Cannes, où se trouve un ancien monastère bénédictin, fermé depuis cent ans. Il y installe des frères agriculteurs, réhabilitant « l'île des saints ».

En 1892, à la suite de nombreux déboires financiers et à cause de ce mauvais vin, le monastère et toutes ses terres sont saisis. La congrégation cistercienne procède à la fermeture de Notre-Dame de Ségriès.

J'arrachais donc à la sauvagerie ces murs abandonnés par les moines depuis plus de cent ans. À qui avait appartenu ce domaine par la suite ? À quoi ces bâtiments avaient-ils servi ? Les toitures semblaient avoir été refaites, je n'avais constaté aucune trace de fuite d'eau sur les plafonds, et dans la grotte de safre les outils avaient été entretenus et rangés par un ouvrier consciencieux.

Je ne connaissais même pas le nom du mystérieux propriétaire qui continuait à me verser mille euros par mois, sans être venu une seule fois depuis le printemps jeter un coup d'œil à mon travail. Qui était cet homme riche ? Avait-il acquis par caprice ce monument historique ? Plaçait-il de l'argent ? D'où venait cet accent étrange que Pascal n'avait su identifier ? Pourquoi laissait-il ces dizaines d'hectares à l'abandon ?

Mille euros que j'avais du mal à dépenser d'ailleurs, tant ma vie s'était dépouillée, épurée. Une fois par semaine, j'allais boire un café avec Pascal à Riez et revenais ici avec quelques courses, surtout des boîtes de sardines à l'huile et de thon à l'escabèche qui faisaient faire des bonds à Solex lorsqu'elle les apercevait et que nous partagions.

De cette vie monacale, ce chaton avait pris le goût et le rythme. Elle terminait mes soupes de légumes, poursuivait à petits coups de langue gloutonne, dans tous les recoins de la maison, les pots en plastique de MaronSui's et de semoule au lait. Nous aimions tous les deux le sucre et le silence.

Du moment que j'étais là, tout lui allait. Quand elle désirait une caresse, c'est-à-dire tout le temps, elle dressait vers moi le petit triangle rose de son nez. Comment n'avais-je pas choisi plus tôt la vie de moine, seul dans un monastère oublié, égayé seulement par les petits bonds gracieux et incessants d'une pelote blanche.

Si j'avais fait le plein d'essence une fois depuis le début de l'été, c'était le bout du monde. Ni la télé ni le téléphone portable ne me manquaient. On ne m'accuserait pas de dévaster la planète par une débauche d'énergie. Quelques sardines à l'huile, un feu de bois, des journées entières dans la lumière et le vent, aussi libre que cette lumière et ce vent. Et depuis quelques jours, mon cahier d'écolier que je laissais sur le bureau de l'évêque et qui parfois s'ouvrait sur les villages d'or de ma mémoire et les éblouissantes forêts de mots qui m'attendaient.

Je savais qu'au-delà de ces bois le monde était en flammes, attisé chaque jour par l'avidité des hommes, leur insatiable voracité. Ils n'en avaient jamais assez. Pour voir passer à leurs pieds des fleuves d'argent, ils détruisaient tout, les êtres vivants, les forêts, les océans, les rivières et les nuages, ils saccageaient les entrailles de la terre, souillaient le ciel. Toujours inassouvis, aux aguets, jaloux, affûtant nuit et jour les mille ruses de leur égoïsme.

Un inconnu me donnait mille euros, et je n'en dépensais

pas la moitié… J'avais autour de moi les plus beaux paysages du monde et personne n'en voulait. Je n'avais besoin que de silence et de beauté. La douceur d'un chaton suffisait à écarter de vieilles inquiétudes.

2

L'ÉVADÉ

J'étendais ma lessive hebdomadaire derrière le monastère, près d'une vieille serre démolie, lorsque j'ai entendu cinq ou six coups de klaxon, de l'autre côté des bâtiments. Solex s'est figée. C'était bien la première fois que quelqu'un s'aventurait jusqu'ici…

Une camionnette jaune était garée devant la chapelle. Un homme en bleu de travail me regardait venir.

« On m'a dit que je trouverais quelqu'un… Vous êtes le nouveau gardien ?

— Nouveau… Depuis six mois. »

Il m'a tendu une main blanche de ciment.

« J'ai refait les toitures il y a trois ans. J'en ai bavé là-haut pendant deux mois, je crois que j'ai changé plus de deux mille tuiles sous un soleil de plomb. Cette fois on me demande de refaire le cloître, toutes les cellules qui en ont besoin, c'est-à-dire à peu près toutes, je pense. Vous imaginez l'humidité, c'est toujours fermé… On m'a dit que vous aviez toutes les clefs.

— Qui, on ?

— Qui voulez-vous que ce soit ?

— Le propriétaire ?

— J'imagine... »

Il semblait plus étonné que moi.

« On me paye pour garder cette antiquité mais je n'ai jamais vu personne. J'ai reçu deux messages, un point c'est tout... Vous le connaissez, vous, le propriétaire ? »

Il a éclaté de rire.

« Je me fous du propriétaire, du moment qu'il est réglo ! On me dit ce qu'il faut faire, je le fais, j'envoie la facture et basta ! Pour une fois que je n'ai personne sur le dos. Il y a quelques années, j'avais refait toute la plomberie dans la maison de l'évêque, là-bas, c'est le plus beau chantier de ma vie. On arrive quand on veut, on casse la croûte dans l'herbe en écoutant les oiseaux. On n'a pas envie de venir, on ne vient pas... C'est le bout du monde ici, je prendrais bien votre place, mais j'ai une famille à nourrir. »

Il roulait un peu les *r*, comme le font beaucoup d'étrangers. Sa peau était très cuivrée, ses cheveux très sombres, ses grands yeux noirs riaient tout le temps. Je lui ai dit : « Vous avez un accent mais...

« Je suis indien... Pas avec des plumes... L'Inde ! Je suis arrivé dans votre pays il y a vingt-deux ans.

— Vous parlez notre langue avec une facilité... »

Le plaisir allumait ses yeux.

— J'ai un peu étudié le français à l'école, l'anglais était la langue du colonisateur... J'ai débarqué à Marseille et j'ai travaillé huit ans sur le port. J'ai appris la langue avec les dockers, les matelots, les pêcheurs. Je faisais tout ce qui se présentait, puis j'ai appris tous les métiers du bâtiment dans l'arrière-pays et surtout dans les livres. J'ai travaillé du côté d'Aix, puis Vinon-sur-Verdon, Saint-Julien. Quand j'avais un problème, je me procurais un livre. J'ai appris l'électricité dans les livres. Il y a dix ans j'ai rencontré une femme, nous avons trouvé une maison à Roumoules, à trois kilomètres d'ici. J'ai un garçon et une fille. »

Je l'ai aidé à décharger sa caisse à outils, sa gamate et une dizaine de sacs de plâtre.

« Dans les cellules derrière, celles qui sont au nord, il faudra du ciment, on est contre la roche, l'hiver c'est trempé. »

Solex était restée un peu plus loin, assise sous le tilleul, elle nous observait. Je lui ai dit : « Si vous avez besoin de moi, je suis par là, vous n'aurez qu'à appeler, vous connaissez les lieux mieux que moi. Le plus simple pour l'eau, c'est la fontaine du cloître. »

Un moment après, je l'ai entendu taper. Il attaquait par les cellules les plus abîmées, sur l'arrière. Les immenses corridors répercutaient les coups de son marteau.

J'ai un peu jardiné, puis je suis allé voir si je ne trouvais pas quelques sanguins sous les bosquets de pins, avant que les premières nuits de gel ne brûlent tous les champignons. Quand je suis revenu, la camionnette n'était plus là. Le monastère avait retrouvé son silence.

Le soleil touchait à peine les génoises, le lendemain matin, lorsque la camionnette jaune est arrivée en pétaradant. Il est sorti en se frottant les mains.

« Ça pince ce matin ! Il paraît qu'il neige entre Saint-André et Colmars. »

Je lui ai dit que j'étais en train de me faire couler un café. Il m'a suivi sur la terrasse de l'évêque. Nous l'avons bu debout, dans de grands bols pour réchauffer nos mains.

« Je ne viendrai pas tous les jours, m'a-t-il dit, une ou deux fois par semaine. J'ai plusieurs chantiers qui attendent ailleurs, il faut contenter tout le monde. Tous les patrons ne sont pas aussi absents que le nôtre, les gens sont d'une exigence ! Je vais tout de même en mettre un coup au début, ici, histoire de me rendre compte. »

Il observait les abords du monastère : « C'est vous qui avez nettoyé tout ça ?... Il y a trois ans, j'ai dû ouvrir un passage dans les ronces pour avancer la camionnette. J'ai cru que je m'étais trompé de chemin hier, tellement ça a changé. Chapeau ! C'est votre métier ?

— Quand j'étais petit à Marseille, nous avions un minuscule jardin, c'est l'endroit au monde que j'ai préféré. Ma mère me surveillait de la fenêtre de la cuisine. Je ne serais jamais sorti de ce jardin. Depuis j'aime tous les jardins, j'ai l'impression que ma mère me regarde à travers la vitre et qu'il ne peut rien m'arriver. »

Il était pensif. Où avait-il laissé la sienne, de mère ? L'avait-il revue depuis vingt-deux ans ? Je lui ai dit : « Je vais préparer un gratin de courge, venez le partager avec moi à midi. »

Parler de ma mère m'avait fait penser à un gratin.

« C'est gentil mais j'ai tout ce qu'il faut, je vais manger sur le pouce.

— Venez partager aussi tout ce qu'il faut. La terrasse est au soleil à midi, on a le même patron… »

Je l'ai entendu taper là-bas derrière pendant plus de quatre heures. Quand il est revenu, il était blanc des pieds à la tête. On ne voyait que le charbon de ses yeux sous un drap de poussière.

« Vous pourriez franchir n'importe quelle frontière comme ça, personne ne s'apercevrait que vous êtes indien.

— J'ai franchi des frontières à vingt ans et j'étais autrement déguisé.

— Vous êtes venu ici clandestinement ?

— Oh, c'est une trop longue histoire… »

Il est allé se laver le visage et les mains et nous nous sommes installés au soleil, sur la table en fer ronde. Je l'avais dénichée dans une minuscule chapelle à l'écart du corps des bâtiments, une chapelle de poche toute bleue. Il a étalé son repas et j'ai apporté mon gratin de courge.

« Jeune, je n'avais qu'une passion, la voile. Je ne vivais que pour la voile ! J'étais un bon marin. J'ai gagné plusieurs championnats de voile. J'ai remporté la médaille du meilleur marin d'Asie, à Osaka, au Japon… »

Cet homme avait besoin de parler. Une heure après, il parlait encore. Il avait à peine goûté sans le voir à mon gratin.

« Je me suis engagé dans la marine. Très vite j'ai obtenu le grade de lieutenant sur un destroyer de la marine indienne, *Le Rajput*. J'étais l'aide de camp de l'amiral, il m'aimait beaucoup, suivait toutes mes courses, m'encourageait, facilitait mes entraînements. Je crois qu'il aurait aimé que je sois son fils… Le capitaine du navire, lui, me détestait. J'avais refusé d'épouser l'une de ses filles, il en avait trois, plus belles les unes que les autres. Coucher avec les trois, oui ! Me marier, jamais ! Mon seul amour était la voile, la mer ! Le capitaine s'est senti humilié, il s'est mis à me haïr. Je dédaignais ce qu'il avait de plus précieux. Un jour, la police militaire est venue m'arrêter. Le capitaine avait dit que je vendais des secrets à l'armée pakistanaise. J'ai été condamné à dix-sept ans de prison par le tribunal militaire de Bombay, pour espionnage. Toute la presse en parlait.

— Il y avait quelque chose de vrai ?

— Rien du tout ! Cet homme me détestait. J'avais lié des amitiés avec des marins pakistanais pendant les courses, rien de plus, des rencontres entre sportifs, des soirs de fête dans un port. J'ai été transféré sur les îles Andaman, ce qui veut dire les "eaux noires". Le pire bagne militaire de l'Inde. Personne ne s'en évadait. Sur cette île, j'ai vécu l'enfer pendant six mois. Les eaux noires de ma vie… L'amiral était venu à mon procès, j'avais toute sa confiance. Chaque semaine, il m'écrivait. Il savait que pour naviguer j'étais l'un des meilleurs. Il m'a fait savoir par un gardien qu'il payait qu'il avait fait cacher sur l'île une petite embarcation avec douze jours de vivres, du riz, des bananes et un énorme bidon d'eau. Cet homme m'aimait vraiment… Il a pris des risques immenses pour organiser mon évasion. Pour tout le pays j'étais un traître, un espion. Le procès avait fait du bruit, j'avais représenté l'Inde dans les compétitions, ma photo et mon nom étaient partout. J'ai appris plus tard qu'il avait donné mon prénom à son petit-fils.

— Quel prénom ?

— Dhruv. »

Son histoire me passionnait. Moi aussi je m'étais évadé d'une prison militaire, à dix-neuf ans. J'avais erré pendant près de cinq ans, sous de fausses identités, sur toutes les routes d'Europe. Je n'avais eu qu'à franchir le mur d'une prison très mal gardée. Il poursuivait son fabuleux récit :

« J'ai navigué pendant neuf jours sur un OK dinghy. J'allais vers le nord, au petit bonheur. Un soir j'ai aperçu une dentelle de petites lumières : la Birmanie ! La pointe sud de la Birmanie, Pathein. Derrière la plage, je suis tombé sur un temple bouddhiste "Maw Tin Soon Pagoda". Il y avait des moines partout, vêtus de robes orange. Tous tenaient un bol dans leurs mains. Ces moines ne vivent que de dons. Tous étaient tondus, cheveux, barbes, sourcils. Il fallait que je sauve ma peau. Je leur ai dit que je venais pour entrer dans l'ordre bouddhiste. Ils m'ont accueilli sans un mot. Ils m'ont tondu, donné une robe, le *kasaya*... Mon éducation était indienne et bouddhiste, je connaissais déjà l'essentiel de leurs règles de vie. Je suis resté parmi eux pendant un an. Ils m'ont donné un nom : Bhar Sau, marin. Je sortais de la mer !... Un an plus tard, ils me donnaient le titre de Bhikkhu Bhar Sau. Je n'étais pas malheureux. Chaque nuit je rêvais du bagne… Un jour d'octobre aussi beau qu'aujourd'hui, j'ai quitté ce temple, habillé en moine bouddhiste, avec de faux papiers birmans. Direction Rangoon, puis Bangkok. Un mois plus tard, j'embarquais à Pattaya, comme marin, direction Marseille. Je savais que je ne retournerais plus dans mon pays, l'Inde… La suite tu la connais, je n'ai plus jamais navigué…»

Soudain il me tutoyait. Raconter sa vie, d'un trait, au milieu de ces déserts de collines, sous un petit soleil d'automne, nous avait rapprochés. Il était calme et mélancolique.

«Et toi, tu as fait plusieurs métiers avant d'être gardien ?

— Si on peut appeler ça des métiers… Un mois ici, deux mois là, rarement déclaré. Depuis trente ans j'essaie d'écrire des romans, je ne sais pas si c'est un métier, tout le monde écrit des romans, les flics, les voyous, les anciens ministres, les chanteuses qui passent deux fois à la télé pour leur décolleté.

— Qu'est-ce que tu écris en ce moment ?

— Rien… Il y a deux mois, j'ai pensé faire un livre sur la vie de Bernard de Clairvaux, l'une des deux statues à l'entrée du monastère, celle de gauche. C'est ce nom qui me plaisait, ça fait un bruit sombre, romanesque. Je suis allé voir un ami il y a quelques années, il purgeait une peine de vingt ans dans la centrale de Clairvaux, on voit encore la vieille abbaye, près des nouveaux miradors. C'est impressionnant ! Un roman, on ne sait jamais d'où ça sort, il suffit d'une émotion, du bruit d'un mot, la lumière d'une vallée entrevue de la fenêtre d'un train. Je dessine des mots le soir, sur le bureau de l'évêque, avant de m'endormir. Et puis j'ai ce chat maintenant, il est sorti un jour des collines, il cherchait sa mère. Nuit et jour il me regarde. Avec les années, on est moins exigeant. Je suis étonné chaque jour, quand je découvre la beauté du matin et les yeux si bleus de ce chat. À vingt ans on veut être célèbre, à mon âge on est émerveillé de tout.»

Des poignées d'étourneaux passaient sur nos têtes, les derniers à se hâter vers les pays chauds. Je suis allé faire du café. Il n'avait aucune envie d'aller taper contre des murs que personne n'habiterait jamais. Il devait être quelque part en Inde, dans un coin de son enfance, un temple bouddhiste, ou jeune et libre sur un OK dinghy, dans le golfe du Bengale ou la mer d'Andaman.

Pendant six mois je n'ai parlé à personne. Quelques mots à Pascal sous les platanes de Riez, une fois par semaine, quelques conversations avec Solex, le soir devant le feu en caressant sa tête ronde et ses oreilles marron glacé. Brusquement un type tombe de la lune et me raconte les moindres détails de sa vie... Intelligent, le bonhomme, vif, il sait tout faire de ses dix doigts, parle un français simple, lumineux. Quelle vie! Marin exceptionnel, évadé, aventurier... Étonnant personnage de roman.

Il n'est revenu que trois jours plus tard, sans doute plus fatigué par tout ce qu'il avait vidé de son sac que par les coups de marteau dans les voûtes humides du cloître.

Il m'a lancé, en tirant du plateau de sa camionnette un sac de ciment : « On se boit un café, Bernard de Clairvaux ! »

Je lui ai répondu : « Bien volontiers, OK Dinghy ! »

J'avais oublié son vrai prénom indien, un peu difficile à prononcer. Je me souvenais de son embarcation de fortune.

J'avais prévu d'aller faire un tour aux champignons, puisqu'il était là, j'allais travailler un peu de mon côté. J'avais fini de nettoyer le jardin en terrasses. Il me restait le petit cimetière des moines, tout au pied de l'amphithéâtre, entièrement recouvert d'ailantes, de sureaux et d'églantiers. Je pensais aussi réparer un jour la serre au-dessus du monastère, pour y mettre des semis en février et manger mes propres légumes l'été prochain.

L'amphithéâtre était tellement beau, à présent que j'avais exhumé de la broussaille les petits murs de pierre sèche, que je me suis dirigé vers la flamme noire des trois cyprès qui veillent sur le tombeau des moines. Ici le sécateur et le couteau-scie suffiraient. On apercevait dans le grillage des ronces de vieilles croix grises.

C'étaient sans doute les derniers jours dorés de l'automne, les brumes glacées du matin allaient descendre des Alpes et couler dans nos vallées. Dans le moindre village les familles devaient converger, de grands chrysanthèmes ronds dans les bras, vers la grille des cimetières ; des bouquets jaunes, orangés, blancs, et des bruyères en fleur. Tous ces gens devaient s'affairer dans des allées, un arrosoir et un balai à la main, chuchotant quelques mots affectueux à ceux qui étaient sous les dalles et qui les attendaient…

Je n'étais pas allé sur la tombe de mes parents depuis au moins un an et je nettoyais celles de moines qui m'étaient indifférents et oubliés de tous depuis belle lurette. Mes parents devaient être quelque part dans l'or de cet automne, rassurés de me voir travailler dans la paix de ce vallon.

Il m'a bien fallu une demi-heure pour atteindre la première croix. Des lettres étaient gravées dans le bois, que j'ai pu déchiffrer avec beaucoup de patience : PERE MARIA BRUNO NATUS 2 OCT 1812. La suite était rongée par le temps.

Centimètre par centimètre, j'en ai dégagé cinq autres, plus abîmées que la première, toutes surmontées d'une flamme sculptée :

FRERE MARIA JOANNES

FRERE MARIA NICOLAUS

FRERE MARIA MAURITIUS

FRERE MARIA SAMUEL

FRERE MARIA THEOBALDIUS

Tous s'appelaient donc Maria quelque chose... Les dates de naissance et de mort étaient à présent illisibles.

Sur certaines croix, on pouvait lire, sous le nom, en s'aidant délicatement du bout des doigts « Requiescat in Pace ». Quel était ce bois qui avait tout de même résisté au soleil, à la pluie et au vent pendant plus d'un siècle ?

Quand la nuit est tombée, le petit cimetière était propre. OK Dinghy avait filé sans que j'entende le moteur de la camionnette. Solex avait passé sa journée à bondir sur de grosses sauterelles grises.

3

LA SÉPULTURE

Le lendemain, j'ai pris les mesures de toutes les vitres brisées de la serre, derrière la maison de l'évêque, et je suis allé les commander à Riez. J'en ai profité pour acheter trois paires de chaussettes en laine et un pull camionneur chez Géraldine. Elle a repris l'ancien hôtel des Colonnes et avec ingéniosité et goût l'a transformé en une surprenante boutique. L'été, les Parisiens viennent s'habiller chez elle, ils repartent tous avec des chapeaux que personne n'a jamais portés par ici.

Vers 6 heures du soir, je me suis installé sur le plus haut gradin du jardin en amphithéâtre pour le plaisir de contempler mon travail, ces belles terrasses nettoyées et le petit cimetière tout en bas dont les six croix semblaient claires dans l'ombre du vallon. Le soleil disparaissait au-dessus de la vallée du Colostre. C'était certainement l'une des dernières douces soirées de l'automne.

La terre était plus sombre qu'ailleurs autour des tombes. J'avais coupé beaucoup de ronces, d'arbustes, la veille, mais je n'avais pas pioché. Trop sombre… Je suis descendu et j'ai compris... Durant la nuit les sangliers avaient tout labouré, tout retourné, comme ils le font souvent en cette saison, à la recherche de champignons.

C'est un gros mâle de plus de cent kilos qui avait dû faire le travail. Près de la première croix, celle du père Maria Bruno, la terre était déchirée sur une profondeur de quarante bons centimètres. Dans les dernières lueurs du jour, elle était luisante et noire.

Il m'a semblé apercevoir entre deux mottes le bout arrondi d'une chaussure. J'ai voulu me rendre compte. Je l'ai attrapée, j'ai tiré. Elle devait être pleine de terre ou coincée dans des racines. Je suis remonté prendre le trident.

J'ai dégagé ce qui était bien une chaussure. Impossible cependant de l'arracher à cette terre grasse. J'ai bêché un peu plus profondément tout autour. Le cuir de la chaussure était à moitié pourri mais elle ne venait toujours pas. Je l'ai agrippée à deux mains et j'ai tiré de toutes mes forces. La racine qui s'était logée à l'intérieur devait être énorme.

Quelque chose a craqué et je suis parti en arrière. Je me suis retrouvé assis dans l'herbe. Je tenais dans mes mains une jambe de boue. Une jambe humaine. En une fraction de seconde j'ai compris ce qui avait produit le craquement. Mon cœur s'est soulevé. Cette jambe venait de se détacher d'un corps enseveli, à deux bons mètres de la première sépulture.

Ai-je poussé un cri d'horreur ? Sans doute. J'ai jeté le

plus loin possible cette jambe pourrie et j'ai filé comme la foudre.

Je me suis étalé deux ou trois fois en escaladant les gradins visqueux de feuilles mortes. L'épouvante mordait ma nuque. Je n'avais qu'une idée, bondir dans ma voiture, foncer.

Les clefs étaient restées dans la maison de l'évêque. Je m'y suis engouffré et j'ai retourné toutes les poches de mon blouson. Elles n'y étaient pas. Sur le bureau non plus. C'est en traversant le couloir pour aller voir sur la table de la cuisine que j'ai entendu un bruit dehors. J'ai sauté sur l'énorme porte de bois et j'ai fait claquer les deux verrous. J'ai collé mon oreille à la porte... Ce n'était peut-être qu'un marron qui avait chuté sur les dalles de la terrasse.

Si un cadavre était là, quelqu'un avait pu m'épier depuis quelque temps, dissimulé dans la colline. J'étais incapable de réfléchir, une main glacée fouillait mes boyaux.

J'ai couru d'une pièce à l'autre, j'ai fermé tous les volets du rez-de-chaussée et j'ai allumé toutes les lampes. Mon cœur s'est un peu calmé lorsque j'ai aperçu Solex, perchée sur le bureau. Elle m'avait suivi et semblait plus affolée que moi. Ses yeux étaient deux billes d'un bleu presque noir. Jamais elle ne m'avait vu dans cet état.

Ma main s'est refermée sur les clefs de ma voiture, elles étaient tout simplement restées dans la poche de mon pantalon, après mon retour de Riez. Voiture qui était garée à l'entrée du monastère, près de Bernard de Clairvaux. Il fallait sortir, traverser les cours, dépasser la chapelle… Sous les grands arbres du parc, la nuit était totale à présent. Tirer les verrous et courir là-bas… Le téléphone fixe était dans la maison du gardien, presque aussi loin que ma voiture. Depuis six mois que j'étais ici, seul, je n'avais pas eu peur une seule fois et soudain, en une seconde, tout basculait dans l'horreur.

L'ordinateur ! J'ai tapé, debout, un message à Pascal. Il devait être en train de fermer la librairie : « Pascal je suis en danger ! Viens immédiatement au monastère ! Klaxonne trois fois en arrivant ! Préviens les gendarmes et viens tout de suite ! URGENT ! »

Je n'avais pas le courage de plonger dans la nuit. J'ai allumé un grand feu dans la cheminée et j'ai grimpé au deuxième étage. Là, les volets n'étaient pas fermés. Sans éclairer la pièce j'ai scruté la pénombre, à travers la chevelure de la vigne vierge qui retombait du toit. Je ne voyais que la légère clarté du gravier devant le cloître et quelques mètres du chemin sous les chênes. Les six moines étaient enterrés depuis plus d'un siècle, ils étaient redevenus poussière depuis longtemps et je venais de découvrir un corps qui n'avait pas fini de pourrir. J'avais tenu dans mes mains un morceau de ce corps.

Solex m'avait suivi là-haut. Je l'ai prise dans mes bras. Son cœur battait plus vite que le mien, ses yeux s'étaient encore agrandis. Elle aussi regardait, à travers la vitre, l'horrible nuit.

J'ai cherché sur l'ordi : « Gendarmerie Riez ». Il y avait une adresse, un numéro de téléphone et les heures d'ouverture : 8 h 30-17 h 30. J'ai regretté de ne pas être resté dans la maison du gardien, près d'un bon vieux téléphone fixe. À présent j'étais enfermé ici, coupé du monde. Il me fallait au moins une arme… J'ai pris le plus grand couteau de cuisine et le tisonnier. Cela était sans doute dérisoire. S'il y avait quelqu'un de l'autre côté de cette porte, il devait être autrement plus dangereux qu'un simple tisonnier.

Pendant plus de deux heures, j'ai fait l'aller-retour, des fenêtres du deuxième étage à cette épaisse porte en bois sur laquelle je collais mon oreille. La petite peluche blanche rebondissait sur mes talons, bien rassurante. Je me suis assis devant la cheminée. Des flammes claires, les vibrations d'un chaton sur mon ventre, mon cœur battait moins vite.

Je me suis assoupi un instant, me suis réveillé, j'ai fait cent fois le tour de la maison. À 5 heures du matin, Solex dans ma main gauche, le tisonnier et mes clefs de contact dans l'autre, j'ai tiré les deux verrous et tête baissée j'ai sauté dans la nuit.

J'avais craint de trouver une autre voiture près de la mienne. Il n'y en avait pas. Personne n'a bondi sur mon dos.

J'ai avalé les neuf kilomètres qui me séparaient de Riez à cent trente à l'heure. Le village était désert, à peine éclairé par quelques lampadaires orange.

Je me suis garé devant la librairie et j'ai verrouillé les portières. Aucun phare ne m'avait suivi. Pour la première fois depuis la veille, j'ai respiré.

À 6 heures et demie, j'ai vu arriver le 4×4 noir de

Pascal. En riant il m'a dit : « Toi, à cette heure-ci... Tu n'as plus rien à lire ?

— Tu n'as pas lu mon message ?

— Quel message ? »

Il tombait du lit.

« J'ai déterré un cadavre à Ségriès ! »

Ça l'a réveillé !

« Un quoi ?

— Un cadavre ! Un corps humain, hier soir à 6 heures !

— Où ?

— Dans le petit cimetière des moines, au fond des jardins.

— C'est peut-être un reste de moine...

— Une jambe entière de cent cinquante ans !...

— Tu as fait un cauchemar. Tu es seul depuis six mois là-bas. Tout seul dans un monastère, tu finis par voir des morts, tu parles avec des morts.

— Tu ne lis pas tes messages et tu me parles de cauchemar ! Il faut aller tout de suite prévenir les gendarmes.

— Attends, attends, calme-toi... Je suis le premier debout avec le boulanger dans ce village, ils roupillent, les gendarmes, il ne se passe jamais rien ici. On est condamné à lire des romans. J'appelle Aline, elle vient faire l'ouverture. D'ici cinq minutes tous les habitués vont venir chercher le journal, surtout que ce soir il y a un match. Ils veulent voir la composition de l'équipe, la forme de chaque joueur, le nom de l'arbitre. On va aller boire un café à la maison, tu me raconteras cette histoire de fou. »

C'était la première fois que je venais chez Pascal. Nous avons gravi un chemin de terre en lacets, sur l'ubac de la colline. Une légère lueur bleue soulignait la forteresse noire des nuages. On ne voyait de Riez, dans la plaine, que la pâleur d'un clocher et quelques halos orange le long des allées Louis-Gardiol.

Un gros poêle de fonte grise chauffait le vaste séjour-cuisine du rez-de-chaussée.

« Elle te plaît ? C'est moi qui l'ai construite.

— Elle me plaît, mais fais couler deux cafés bien forts, c'est grave ! »

Nous nous sommes assis, côte à côte, devant une énorme table de ferme et je lui ai raconté dans le moindre détail ma macabre découverte et cette nuit d'épouvante avec ce pauvre chaton, derrière la porte de l'évêque. Je me suis souvenu que Solex était restée enfermée dans la voiture. Là, au moins, elle ne risquait rien.

À 8 heures et demie, nous sommes allés sonner à la gendarmerie, à la sortie du village. Elle ressemblait à une très grosse villa des années soixante, plutôt hideuse, des barreaux à chaque fenêtre.

Au bout d'un moment, un gendarme est venu ouvrir. Il nous a demandé ce que nous voulions, puis il a reconnu Pascal et nous a cédé le passage. Il est passé derrière un comptoir recouvert de prospectus : « Je vous écoute…

— Je suis le gardien du monastère de Ségriès, sur la route de Moustiers.

— Nous avons appris que quelqu'un vivait là-bas. Vous venez rarement au village… Vous avez reçu la visite des Gitans, j'imagine ?

— Les Gitans ?… Pas du tout ! Hier des sangliers ont retourné toute la terre. J'ai aperçu une chaussure au milieu des mottes. J'ai tiré, c'était une jambe humaine. Elle s'est détachée d'un corps. J'ai eu la terreur de ma vie ! »

Les yeux du gendarme étaient aussi ronds que ceux de Solex. Du regard il a interrogé Pascal pour savoir si je possédais toute ma raison.

« Vous avez bien dit hier ?… Pourquoi vous ne venez nous prévenir que ce matin ?

— La peur. Je me suis enfermé toute la nuit dans la maison de l'évêque. Le téléphone est à l'autre bout du monastère. Je n'ai pas eu le courage…

— Qu'est-ce qui vous laisse penser que c'était un corps humain ?

— Les animaux portent rarement des chaussures. »

Il cherchait toujours sur le visage de Pascal un indice du degré d'altération de mon état mental. C'était la première fois qu'il me voyait et sans doute la première fois que quelqu'un déterrait un cadavre dans ce canton paisible. Tous les trois ou quatre ans un randonneur chutait dans les gorges abruptes du Verdon. On retrouvait son corps deux jours plus tard, déjà bien abîmé par les rapaces, les mouches et les sangliers.

« Excusez-moi un instant, il faut que j'en réfère au commandant de brigade. »

Il est revenu dix bonnes minutes plus tard.

« Vous allez me donner votre identité, votre adresse actuelle.

— Je suis parti en courant au milieu de la nuit, mes papiers sont restés là-bas.

— Donnez-moi votre nom, nous vérifierons. Il y a combien de temps que vous êtes arrivé à Riez ? »

Je me suis demandé si j'avais bien fait de venir ici, il s'adressait à moi comme à un coupable.

Il a noté dans un carnet, en s'appliquant, toutes mes réponses à ses questions puis il a encore disparu derrière une porte pendant dix autres minutes avant de revenir nous dire : « Notre commandant vient de rendre compte au commandant de compagnie, à Castellane. Nous devons attendre les ordres. »

À chaque phrase cet homme se raidissait un peu plus. On ne devait pas déranger tous les jours le commandant de compagnie, à l'autre extrémité des gorges. Ce simple gendarme prenait toute la mesure du rôle qu'il jouait dans ce déploiement hiérarchique. Pascal louchait de plus en plus vers la lumière de la porte vitrée. Dans quel guêpier était-il en train de se fourrer ?

Un moment plus tard, un autre gendarme est entré dans la pièce encore plus raide que le premier : « Le commandant a dit qu'il fallait envoyer la patrouille sur place, immédiatement. »

Tous les deux ont chargé un sac et quelques instruments dans l'un de leurs véhicules et nous ont ordonné de les suivre. Pascal m'a dit : « Aline est toute seule à la caisse, elle doit être débordée. » Il semblait très agité. La bonne surprise de me trouver au petit matin devant la librairie se transformait en roman noir.

Les gendarmes nous avaient demandé assez froidement de monter dans notre voiture. Parle-t-on ainsi à des innocents ?

Le brouillard du Colostre rôdait encore autour de ces murs que j'avais fuis avant le jour, dans l'épouvante.

« Montrez-nous l'endroit exact où vous avez découvert ce corps », m'a dit le gendarme qui jusque-là me posait les questions. Je n'arrivais pas à savoir s'il était sceptique ou distant et froid par professionnalisme.

Lorsque nous sommes parvenus au bas des gradins, j'ai vu que les sangliers étaient revenus. Ils avaient creusé encore plus profondément que la veille. La terre était éventrée, déplacée, fouillée. Une charrue n'aurait pas été plus efficace.

« C'est là. J'ai tellement eu peur que j'ai jeté la jambe.

— De quel côté ?

— Comme ça, je crois... »

J'essayais de me souvenir de cet instant irrationnel. Ce geste fou.

Nous avons scruté l'herbe tout autour. Ni jambe ni chaussure.

« Vous pensez que le reste du corps était là ?

— Là où les sangliers ont tout retourné... Regardez, le trident dont je me suis servi est encore là. Je l'ai laissé tomber pour tirer la jambe. Vous voulez que je creuse ?

— Surtout pas ! Ne touchez rien, nous avons déjà trop

piétiné. Nous allons geler les lieux, c'est la procédure. Vous allez remonter nous attendre près des véhicules.»

Pendant que nous nous éloignions, Pascal et moi, je l'ai entendu téléphoner.

Les deux gendarmes nous ont rejoints un moment plus tard, près de Bernard de Clairvaux.

«Les techniciens de l'identification criminelle sont prévenus, ils ne devraient pas tarder. S'il y a quelque chose à trouver, ils le trouveront.

— Et si les sangliers avaient tout emporté ? a demandé Pascal.

— Impossible, on retrouve toujours quelque chose, un morceau de tissu, une dent, un objet, des clefs souvent. Les sangliers dispersent, ils ne mangent ni n'emportent jamais tout. Ils ont de tels moyens à l'identification, ils vont prélever de la terre à plusieurs endroits, divers niveaux, et tout analyser. S'il y a la moindre trace de cellules humaines, eux le diront.»

À l'écart des chênes, le soleil de ce début novembre était tiède. Le brouillard s'effilochait, découvrant un ciel limpide d'automne, un bleu d'une pureté qu'on ne voit jamais en été.

J'ai essayé d'aborder des sujets plus légers mais les deux gendarmes étaient toujours aussi réservés, prudents. Nous avons entendu arriver la voiture de l'identification criminelle.

«Il faut que vous repassiez avec nous à la gendarmerie, pour les formalités. Nous devons pouvoir vous joindre très facilement durant les jours qui viennent. Vous n'avez pas l'intention de quitter Riez ? »

Je n'avais aucune intention. Tout l'effroi de la nuit était encore agrippé à mes tripes. Je n'avais aucune idée de ce que je ferais une heure plus tard.

« Je vais aller acheter un portable et je vous laisserai mon numéro. Je n'ai qu'un ordinateur et le téléphone fixe du monastère. Je ne sais pas si j'aurai le courage d'y revenir seul. »

Dès que nous sommes sortis de la gendarmerie, Pascal m'a dit en soufflant de soulagement : « Il est plus de midi, j'appelle le Café de France pour réserver une table, ça fera plaisir à Aline, elle doit se demander où nous sommes passés. Ça te fera du bien à toi aussi, tu as reçu un sacré coup de bambou ! C'est tout juste s'ils ne te gardaient pas.. Et moi avec ! »

Il s'éloignait encore plus vite que moi de la gendarmerie. Subir un interrogatoire est toujours une épreuve, surtout pour les innocents.

Au passage j'ai jeté un coup d'œil dans ma voiture, Solex dormait en boule sur mon siège, loin des fantômes de sa nuit.

J'ai toujours vu sourire Aline. Elle a dû naître en souriant. On lui dit un mot et la lumière danse sur son visage. Toute sa beauté est là, dans ce sourire. Ses yeux sourient, ses dents sourient, son menton, ses sourcils. Tout son corps sourit. Elle rayonne. Nous sommes entrés dans la librairie et le sourire d'Aline a éclairé la librairie. Elle était heureuse d'apprendre que nous allions au restaurant.

Le vrai spectacle est d'observer le visage de Pascal face au bonheur d'Aline. Toute la lumière s'y reflète.

Je l'ai aidé à rentrer une douzaine de présentoirs de cartes postales et de cartes Michelin et nous avons filé sous une soudaine pluie glacée de novembre. Le quincaillier tirait lui aussi le rideau. « C'est le plus grand lecteur de Riez, a dit Pascal, tous les jours il vient chercher un livre. Il lit en travaillant, il sert en lisant. Entre deux clients, à la belle saison, il lit assis sur le pas de sa porte. »

L'homme tenait d'ailleurs un livre sous le bras. Pascal lui a demandé ce que c'était.

« *Anna Karénine* ! Je ne lis plus les auteurs français, tu le sais, il m'en faut deux par jour. Avec les Russes j'en ai pour mon argent et comme je me perds dans tous ces noms, je reviens en arrière. Là, je ferme deux heures. Je vais glisser sur la neige dans les bras d'une femme passionnée. Si je vends ma quincaillerie, je file en Russie, les femmes y sont plus brûlantes que la glace.

— Il s'appelle Jean-Alain, m'a chuchoté Aline, on trouve absolument tout dans son magasin et tu peux faire le tour du pays, des quincailliers qui ont sa culture, ça n'existe pas, il sait tout. Sur les nouvelles parutions, il en sait plus que nous. Tu devrais aller parler avec lui un de ces jours. Étonnant ! »

Le Café de France était plein à craquer. Les deux vastes salles à manger et l'interminable comptoir où des hommes s'interpellaient en riant, un apéritif à la main.

Il y avait partout, sur des étagères, des alignements de coupes argentées et de trophées de concours de boules.

Si bruyant et animé, cet endroit, qu'il n'y avait pas la place pour y loger la moindre parcelle de crainte ou d'anxiété. Au centre du vacarme, notre table nous attendait. Du comptoir, le patron nous a hurlé : « Légumes farcis !... Alouettes sans tête ou escalope milanaise !... Avec des pâtes les alouettes !

— Lui, c'est Kaki, m'a dit Pascal, c'est comme à la librairie, tout le village vient ici. L'été on joue aux boules sous les platanes, là-bas derrière, jusqu'à 3 heures du matin. En hiver, le marché aux truffes de la région se tient, chaque semaine, dans ces deux salles. Il faut voir ça, du grand théâtre ! »

Après ma nuit d'horreur et cette matinée blanche avec les gendarmes, je me sentais protégé au milieu de tout ce brouhaha, de ces rires, ces bousculades bon enfant au comptoir. Rien de grave ne pouvait arriver dans cette odeur de sauce tomate, de vêtements humides et d'anis. Les gens entraient ici pour être heureux et oublier pendant dix minutes ou quelques heures les craquements sourds et inquiétants d'un monde malade.

Nous avons choisi tous les trois les alouettes.

Pascal a raconté à Aline ma découverte macabre, ma nuit de terreur, notre matinée entre deux uniformes. Incrédule, elle laissait refroidir ses alouettes. C'était sans doute la chose la plus extravagante qu'elle ait entendue. Elle me regardait comme un habitant d'une autre planète. Que je sois resté seul pendant des mois dans de vieux murs abandonnés par des moines la déconcertait. Ce que je venais de vivre dépassait l'entendement. Ses yeux s'agrandissaient à chaque image de cette affreuse nuit.

« Tu vas retourner là-bas ? m'a-t-elle demandé, abasourdie.

— C'est impossible, a dit Pascal, ce n'est même pas sûr que les gendarmes le lui permettent. Il va venir chez nous pendant quelques jours. On va au moins attendre les conclusions de leurs analyses, ça ne devrait pas prendre plus d'une semaine.

— C'est trop gentil, Pascal, mais je ne suis pas seul.

— Comment ça, pas seul ?

— J'ai un chat. Enfin une petite chatte. »

Ils ont éclaté de rire tous les deux ensemble.

« Si tu as une petite chatte, ça m'intéresse », a dit Pascal.

Aline n'arrivait plus à calmer son fou rire, sans doute nerveux. « Nous en avons trois à la maison, est-elle parvenue à articuler, on adore les chats… Tu vas t'installer dans la chambre d'Anna, elle est élève infirmière à Digne, sa chambre est libre. Si tu vois son petit bureau, devant la fenêtre, avec plein de petits tiroirs, tu t'assois et tu écris tout ça. C'est tellement insensé… Je me demande presque si tu ne l'as pas inventé, ça ressemble à un roman. C'est plus surprenant que beaucoup de romans qui ne racontent pas grand-chose. »

Une heure plus tard, j'étais dans la jolie chambre d'Anna qui regarde Riez filer le long du Colostre. Le soleil dorait les façades et on apercevait sous des peupliers, au-delà d'un pont, les colonnes blanches de vastes fouilles romaines. Solex s'était installée sur l'édredon rose du petit lit d'Anna. Elle attendait la suite.

« On ira à Ségriès chercher tes affaires, demain ou quand tu voudras, m'a dit Pascal. Pour les vêtements, aucun souci, nos armoires débordent. Tu te sers, tu es chez toi. Ce soir, fricassée de cèpes : huile d'olive, ail, persil. Ça te va ? On les a ramassés hier, juste au-dessus de la maison. »

Vers 5 heures, Émilie, la petite sœur d'Anna, est revenue du collège, ses joues étaient rouges et glacées. Elle m'a embrassé comme si je faisais partie de la maison depuis toujours, aussi souriante, jolie et lumineuse que sa mère.

J'étais un peu gêné d'être là avec un chat, mais qu'est-ce qu'on se sentait bien dans cette maison tiède. En bas le feu ronflait dans le gros poêle à bois.

En penchant ma tête sur le côté, j'essayais de lire les titres des livres d'Anna, sur trois étagères au-dessus de son bureau. Mes paupières tombaient. Je ne voyais que le petit lit douillet de jeune fille.

Je me demande où j'ai trouvé la force de retirer mes chaussures de plomb avant de m'écrouler sur l'édredon rose. Il m'a semblé que Solex prenait place sur ma nuque, puis j'ai plongé comme une pierre de moulin vers d'insoupçonnables profondeurs.

Le silence m'a réveillé, et l'odeur du café. Il faisait jour. J'ai regardé ma montre : 9 heures ! Je venais de faire beaucoup plus que le tour du cadran. Le soleil posait un pied d'or dans la chambre.

Mon crâne était douloureux. En me penchant pour récupérer mes chaussures, j'ai senti précisément chacun de mes muscles. J'aurais pu les compter tant ils étaient meurtris de l'immense tension qu'avait subie tout mon corps, jusqu'au plus petit nerf, pour traverser le cauchemar de la veille. Cauchemar que cette jeune lumière dissipait.

J'ai trouvé Solex dans la grande pièce du rez-de-chaussée, assise sur la table. Toute la famille était déjà partie. Ils m'avaient laissé un grand bol, du pain grillé, trois pots de confiture, du miel et un petit mot : « La fricassée de cèpes était délicieuse mais tu avais d'autres chats à fouetter. La tienne va très bien ! Sa fourrure est si douce qu'Émilie ne voulait pas partir au collège. »

Je n'avais pas remarqué la veille combien cette maison croulait sous les livres. Il y en avait des piles sur chaque marche de l'escalier, sur les meubles, les fauteuils, sur le frigo. Le tapis en était recouvert. Il était difficile de se frayer un passage vers la cuvette des toilettes, tant ils envahissaient le petit espace. Cette maison était une seconde librairie.

Je me suis fait couler un café et j'ai avalé une dizaine de tartines.

Soudain, trois chats ont bondi sur l'appui d'une fenêtre. Ronds et roux tous les trois. Ils avaient entendu du bruit à l'intérieur. Ils ont collé leur nez à la vitre pour tenter de m'apercevoir, et tous les trois ensemble se sont dressés sur leurs pattes arrière et se sont mis à astiquer la vitre de leurs coussinets pleins de boue.

Manifestement ils demandaient à entrer. En quelques secondes, le bas des vitres a été opaque. Solex les regardait. C'était la première fois qu'elle rencontrait ses semblables. On n'en voyait que le ventre clair et ces six pattes qui en rajoutaient une couche, avec une belle persévérance.

Je leur ai ouvert. Ils ont foncé droit sur une gamelle qui contenait des croquettes, ont vidé un bol d'eau, sont venus renifler le museau et les fesses de Solex qui ne remuait plus un seul poil de moustache et qui avait rabattu ses oreilles. Elle avait vu plus de choses en deux jours qu'en six mois de vie.

Toujours en chœur, ils se sont plantés devant la porte-fenêtre et ont badigeonné la vitre de boue pour me signifier qu'ils voulaient sortir.

J'ai pris l'éponge humide de l'évier pour effacer les traces. Aline travaillait depuis l'aube, je ne voulais pas qu'elle entre dans une maison souillée alors que je me prélassais depuis la veille sur un douillet édredon rose.

Ils sont arrivés à midi et demi, les bras chargés de pizzas.

« Vous auriez dû m'appeler, je n'ai que ça à faire, aller chercher des pizzas.

— Quand tu seras un peu plus chez toi, tu nous prépareras de bons petits plats. En attendant, à table, c'est chaud ! » m'a lancé Pascal.

Les trois rouquins étaient déjà debout sur l'appui de la fenêtre. Ils astiquaient…

« L'adjudant est passé ce matin, il vient souvent chercher des magazines d'histoire. Sur la Première Guerre mondiale il est incollable, il la connaît heure par heure. Dès qu'un nouveau livre paraît, il arrive en courant. Il sait où se trouvaient toutes les tranchées, chaque promontoire rocheux. Il te décrit le labyrinthe de chaque fort comme s'il y avait vécu… Il m'a demandé si nous nous connaissions depuis longtemps. Je lui ai montré tes livres. Il était étonné que tu sois obligé de faire le gardien. Il m'a dit de lui en conseiller un ou deux. Je lui en ai vendu cinq, enfin, des Folio. Ça aura au moins servi à ça, ce cadavre, tes Folio sont dans la gendarmerie.

— J'aurais préféré qu'ils n'y entrent jamais ! Il n'est pas venu par hasard à la librairie. S'il t'a posé des questions, c'est qu'une vraie enquête est en route. Je ne sais même pas pour qui je travaille. Qui est cet homme riche qui t'a laissé les clefs du monastère sans te connaître ? Pourquoi ne se manifeste-t-il jamais ? Pas l'ombre d'une adresse. Pas le moindre numéro de téléphone. Silence total depuis le printemps !… Et ces mille euros qui tombent d'on ne sait où, le cinq de chaque mois. Tu ne trouves pas ça un peu étrange ?… Maintenant ce cadavre qui n'avait pas fini de pourrir, sous ces murs. Je marchais dessus sans le savoir. C'est ahurissant ! Avec son accent de nulle part, son élégance athlétique et sa Rolls dorée…

— Sa Bentley ! Un coupé Bentley !

— C'est pareil. Bagnole de nouveau riche. Si ça se trouve, il est à la tête d'une dangereuse mafia, russe ou albanaise… Il faut être bien plus qu'un expert-comptable pour s'offrir une Bentley dorée. Si je dis aux gendarmes que je reçois un salaire d'un employeur que je n'ai jamais vu, ils vont faire une drôle de tête… Je te signale que, pour l'instant, ils n'ont que moi à se mettre sous la dent. Tu as vu comment ils me parlaient ?

— Comment ils nous parlaient !

— Toi tu es connu comme le loup blanc ici. On n'imagine pas un libraire mêlé de près ou de loin à un assassinat. Un plombier, un charcutier, un… chauffeur routier, oui, pas un libraire. Il n'y a qu'à voir ta maison, ces montagnes de culture.

— Ah bon… Et pourquoi ?

— Il a raison, a dit Aline, dans la tête des gens, c'est comme ça, quelqu'un qui touche des livres, qui pense, qui lit, ne peut pas faire une chose pareille. On fait ça parce qu'on n'a pas réfléchi.

— Lui est écrivain, l'a coupée Pascal en reprenant un triangle de pizza, si je te suis, il ne risque absolument rien, nous on les vend, lui il les écrit, les livres ! Il y a beaucoup d'écrivains aux Baumettes ?…

— Pour les gendarmes, je suis plutôt le simple gardien jardinier du monastère qui a déterré une jambe. S'ils se penchent avec un peu d'insistance sur ma vie, ils découvriront vite que je ressemble plus à un marginal qu'à Jean d'Ormesson.

— Il est mort…

— Tu crois que les gendarmes regardent tous les mercredis *La Grande Librairie* ?

— Tu y es passé deux fois, ils t'ont peut-être vu… La

deuxième fois tu avais oublié de fermer ta braguette, tout le monde l'a remarqué. D'ailleurs, je ne sais pas pourquoi, tu ne fermes jamais les boutons du haut…

— On se souvient des gens qui entrent à l'Académie française, moi j'aurai toujours une tête de plombier. Je ne ferme pas tous les boutons parce que j'ai pris un peu de ventre. Ce jean a plusieurs années.

— On s'en fout de ton ventre, moi aussi je grossis, pourtant je fais du vélo. Pour revenir à ton histoire d'enquête, tu devrais prendre rendez-vous avec le notaire de Riez, il n'y en a qu'un ici, pour tous les villages. Il est le seul à pouvoir te renseigner sur le nom de ton employeur, l'homme à la Bentley. Je ne vois pas où la transaction aurait pu se faire en dehors de son étude…

À 2 heures, j'ai appelé l'étude notariale de Riez. Une femme a décroché, sans doute la secrétaire. Je lui ai dit que je désirais un rendez-vous assez rapidement.

« C'est à quel sujet ?

— C'est simple, je suis le gardien du monastère de Ségriès, j'essaie de joindre le propriétaire, mon employeur, je n'y parviens pas. Vous devez avoir toutes ses coordonnées dans votre étude ?

— C'est possible, monsieur, mais nous ne pouvons donner ce genre de renseignements, c'est absolument confidentiel.

— Et si je voulais acquérir le monastère, il faudrait bien que je puisse le joindre…

— Nous le ferions pour vous… Vous êtes intéressé par le monastère ?

— Non… enfin, je dois bien pouvoir joindre ce monsieur. Et s'il y avait un problème grave ?

— Vous pouvez toujours vous adresser au cadastre, à Digne, ou au service de l'urbanisme, à Moustiers-Sainte-Marie.

— Eux pourraient me renseigner ?

— Je pense. Ce sont des services publics. Nous avons une clientèle privée. »

J'ai cherché dans l'annuaire et j'ai appelé le service de l'urbanisme de Moustiers. Là aussi une femme m'a répondu, avec la même voix très neutre, pour me dire que le bureau n'était ouvert que trois demi-journées par semaine, qu'il le serait le lendemain matin.

Je me suis assuré que Solex n'allait pas se faire bouffer par les trois rouquins et j'en ai profité pour faire un saut à Manosque, chez Orange. J'ai acheté le smartphone le moins cher, l'abonnement le moins cher, en refusant catégoriquement la moindre option. Je voulais bien satisfaire les gendarmes en leur donnant un numéro, sans vider mon compte en banque.

Le lendemain à la première heure, j'ai filé à Moustiers. Comme dans tous les bureaux du monde, au service de l'urbanisme une femme était assise devant un écran. La trentaine, cheveux aile de corbeau, lunettes rondes à monture noire, robe noire, sourcils noirs… J'ai pensé tout de suite à mes tantes corses, Dolinde et Dévote, qui avaient été noires de la tête aux pieds durant toute leur vie. Une vie de deuils. Sur cette jeune femme, tout ce noir éveillait plutôt quelque chose de spontanément voluptueux. Je lui ai expliqué le but de ma visite. Elle m'a demandé si mes recherches étaient commerciales.

« Commerciales ?... Jamais de la vie ! C'est la croix et la bannière pour dénicher l'adresse de mon employeur. Je n'ai aucunement l'intention d'acheter la moindre pierre.

— Les fichiers du cadastre nous sont fournis par les services des impôts du département. Vous dites monastère de Ségriès ?... »

Ses doigts ont à peine effleuré le clavier :

« Monastère : F1049... Il y a cinq autres parcelles regroupées avec celle-ci, moitié forêt, moitié terres cultivables. En tout une centaine d'hectares... La dernière transaction date de 2015...

— Vous êtes plus dégourdie que mes tantes sur cet appareil !

— Vos tantes ?...

— Vous leur ressemblez. Deux Corses qui tuaient elles-mêmes les lapins, d'une manchette derrière les oreilles... Elles n'avaient pas votre élégance ni votre dextérité. »

À son regard soudain aussi noir que sa robe, j'ai compris que l'on perd vite l'habitude de parler aux femmes. Sept mois de silence avaient fait de moi quelqu'un de très rustique. Les moines ne devaient pas être d'une grande finesse après quelques années de grognements solitaires. Si je lui avais dit alors que j'étais écrivain, elle aurait certainement appelé, dans le bureau voisin, les hommes que j'entendais parler d'écoulement des eaux.

«Je dis n'importe quoi… Vous avez peut-être un nom sur l'acte ?

— Hubert de Saint-Laurent, pour la Canford Holdings… Cayman Island, capitale George Town… Les îles Caïmans… C'est vague…

— Pas d'adresse plus précise ?

— C'est tout ce que j'ai. Ce genre de sociétés en disent le moins possible. Dès qu'on voit écrit îles Caïmans, on pense fortune, fisc… Ça fait un peu drôle dans nos collines. Je ne sais même pas où elles se trouvent, ces îles… Venir se perdre ici pour acheter une ruine et des ginestes… De la lavande ou des oliviers, je comprendrais… Si vous voulez planter des amandiers, foncez ! L'Europe donne des subventions. C'est dans l'air du temps, ça ne durera pas.

— Il paraît que j'ai d'autres chats à fouetter…»

Elle m'avait pris pour un vagabond un peu paumé. Elle ne m'en voulait pas.

Elle m'a tendu un Post-it jaune sur lequel j'ai tout noté. C'était bien cette société, la Canford Holdings, qui m'avait envoyé ce contrat de travail, quelques mois plus tôt. Je coupais de la broussaille et je déterrais des jambes pour des types qui se planquaient de l'autre côté de l'océan, le ventre au soleil.

À présent j'avais un nom, une adresse… Si l'on pouvait appeler ça une adresse. Je n'étais pas plus avancé, pas plus rassuré. J'ai tourné en rond le reste de la matinée. À midi j'ai dit à Pascal : «Tu ne ramasses pas tes olives ?

— Il faudrait que j'aie le temps. Tu as vu à quelle heure on ferme le soir ? Il y a plus d'un mois que je ne suis pas monté sur mon vélo, si tu savais comme ça me manque… Les olives, ça fait trois ans qu'on les laisse aux oiseaux. Il faudrait les ramasser la nuit… La nuit, je lis.

— Tu dors quand ?

— Entre deux polars. Quand j'en tiens un bon, il faut que j'aille jusqu'au bout. Après je fais une fiche de lecture et tout le village l'achète. Je me lève pour les journaux, ils nous ont fait manger longtemps, il n'y a que les livres qui me passionnent. Mon rêve serait de monter une librairie aussi grande que Le Bleuet, ici, à Riez, avec Aline. Je suis persuadé qu'on va y arriver ! Ouverte 365 jours par an, des livres partout, plus un seul journal ! J'ouvre à 9 heures et je ne parle que de ce que j'aime, le suspense, les voyages, l'aventure… Les mots.

— Au fait, en parlant d'aventure, je suis allé au cadastre ce matin, je suis tombé sur une jolie brune qui m'a donné quelques renseignements. Si tu as quelque chose à demander au cadastre, vraiment sexy, cette brune… Je crois que je n'ai pas été à la hauteur, parler aux femmes est une gymnastique quotidienne, on perd vite toute souplesse lorsqu'on se contente de caresser la tête d'un chat. » J'ai sorti le Post-it de ma poche. « Le représentant de cette Canford Holdings s'appelle Hubert de Saint-Laurent. La société est domiciliée dans les îles Caïmans. Sans doute l'homme à la Bentley qui t'a remis les clefs…

— Il n'avait pas un accent à s'appeler Hubert de Saint-Laurent !

— Ça, tu me l'as déjà dit. Un accent qui se rapprochait de quoi ? Quel continent ?

— De rien... Si tu me demandais de l'imiter, j'en serais totalement incapable, je n'en ai aucun souvenir. Des accents comme le sien, je n'en avais jamais entendu. Cet Hubert de Saint-Laurent doit être un homme de paille dans la constellation des sociétés-écrans... Heureusement que la nana était sexy, je pense que tu es allé là-bas pour rien.

— Je crois que je vais ramasser tes olives, ça m'évitera de tourner en rond, tant pis pour les oiseaux... Tu sais combien tu as d'oliviers ?

— Une petite cinquantaine... La plupart derrière la maison, sur les bancaous. Il faudrait les tailler, leur mettre un peu d'engrais. La dernière fois que nous les avons ramassées avec Aline et les filles, il n'y en avait pas tout à fait trois cents kilos... Ne te crois pas obligé de travailler, repose-toi, bouquine, prépare quelques mots d'écrivain et retourne au cadastre.

— J'ai plutôt besoin de bouger, de me fatiguer. Il faut que je sorte cette jambe de ma tête. »

J'ai déniché dans le garage une pile de paniers. Avec une ficelle, j'en ai suspendu un à mon cou, à hauteur du ventre. J'ai pris un escabeau pliant et je me suis mis au boulot.

Les branches ployaient sous le poids des olives. Elles étaient aussi belles que des prunes, certaines étaient déjà violettes d'huile. Il avait plu souvent et fort durant l'été, après des années de dures sécheresses qui vous fendent en deux une maison de la cave au grenier. De l'eau au bon moment, tout est là. Les oliviers étaient plantés sur d'étroites terrasses soutenues par des murets de pierres aussi blanches que des os.

Je me suis mis à traire ces belles grappes de fruits. Quel plaisir de les sentir résister puis de les entendre dégringoler par vagues dans le panier, tel le petit galop d'un cheval. Comme un peu partout dans ces collines, ce sont des aglandaus, d'un ovale parfait et dures sous les doigts. Il y en a beaucoup plus du côté où l'arbre reçoit la lumière et la chaleur du soleil.

C'était un bel après-midi calme et bleu. On entendait parfois des appels, plus haut sur les coteaux, des rires, des lambeaux de joyeuses conversations. Les gens ici aiment ramasser les olives en rêvant ou en racontant leur vie. Des voix graves d'hommes, des rires de femmes… En bas, Riez était comme un pain qui sort du four, long et doré. Le Colostre étincelle une seconde entre deux maisons, disparaît et va scintiller plus loin au milieu des jardins, en filant vers Saint-Martin-de-Brômes.

Pour la première fois, dans le silence tiède de ces collines, mon cœur retrouvait la paix, au rythme des petits paquets d'olives qui tombaient dans le panier. Quand il était plein, j'allais le vider dans des caisses en plastique vert, au fond du garage.

Solex ne me quittait pas d'une semelle. Lorsque je montais sur l'escabeau, elle allait se percher pour me voir sur les plus hauts rameaux et du bout de sa patte elle effleurait ma main. Intimidée par les trois gros rouquins qui traquaient tout ce qui vole, rampe, saute, détale, elle préférait bondir près de moi. Entre deux paniers, je la prenais dans mes bras et lui grattais le ventre. Avec les premiers froids, sa fourrure avait doublé de volume, son poil était plus épais, plus doux, il avait foncé autour des oreilles. Tellement agréable à caresser.

J'ai travaillé jusqu'à ce que le soleil disparaisse. Le ciel était soudain comme la gorge des pigeons. Le vert jouait avec le violet, le bleu avec le gris. Comme les plumes de cet oiseau, des roses extraordinaires glissaient, flambaient, s'éteignaient, allumaient d'autres gris sous le ventre des nuages, embrasaient d'un coup la crête noire de forêts immenses.

J'avais grimpé au cœur d'un arbre et je regardais, ébloui, la féerie du monde. Qui aurait pu se douter, face à tant de beauté, à l'intelligence si parfaite de toutes ces couleurs, à cette explosion de vie, que nous avions rendu en quelques années cette planète malade ? Il y a cent mille ans, des hommes avaient regardé comme moi, peut-être perchés dans des arbres, ce spectacle grandiose. Étions-nous trop prétentieux, trop bêtes, pour dédaigner ainsi cette beauté, pour la saccager ?

Des hommes étaient venus sous le monastère se débarrasser d'un corps. Bientôt la terre se débarrasserait de nous et poursuivrait son voyage vers d'autres éblouissements.

Devais-je alors m'inquiéter pour un cadavre de plus

ou de moins ? Solex, elle, n'avait qu'un but pour l'heure, taquiner du bout de sa patte le bout de ma main.

Je me levais chaque matin dans une maison silencieuse. Aline et Pascal étaient depuis l'aube à la librairie. J'attendais une vraie lumière pour me hisser dans mes oliviers. C'est l'heure où les oiseaux sont partout, vifs, affamés. Se rendent-ils compte mieux que nous des cataclysmes qui s'organisent derrière cette paix, cette douceur ? Leur joie de vivre semblait intacte. D'un arbuste de térébinthe aux fruits orangés d'un buisson-ardent, ils fusaient comme des balles de couleur. Je leur laissais toujours une dizaine de beaux fruits violets, sur le plus haut rameau. J'évitais ainsi de me casser les reins dans des équilibres subtils et hasardeux.

Vers 10 heures, je faisais un brin de toilette et descendais boire un café au village, jeter un coup d'œil sur les titres du journal. L'automne était doux. Aux terrasses on recevait, par petits nuages, le parfum de toutes les femmes qui passaient. Le patchouli allait réveiller très loin dans ma mémoire les images perdues de ma jeunesse. Toutes les étudiantes d'Aix sentaient le patchouli à cette époque. Le samedi soir, j'allais dans cette petite ville de filles et de fontaines. J'étais persuadé que les étudiantes faisaient l'amour avec plus de passion, de romantisme et de malice que les filles de mon quartier, dans la banlieue de Marseille.

Pour tenter d'en séduire une, je me faisais passer pour un étudiant en sociologie. Je ne savais pas ce que signifiait ce mot, je le trouvais énigmatique, intimidant. J'étais persuadé qu'il impressionnerait l'une de ces merveilleuses jeunes filles qui s'exprimaient avec un bel accent, des mots élégants, agitaient leurs longues jambes blondes dans des soirées et embaumaient le patchouli.

Les jours de marché, à Riez, je faisais la queue chez Oudiette pour acheter six fromages de chèvre, les meilleurs de la vallée.

Dans la belle lumière de l'après-midi, sur la colline, j'oubliais ma nuit de cauchemar. Les olives rebondissaient dans mon panier. Je ne pensais qu'au rameau suivant, dressé au-dessus de ma tête. Une buse affolée chavirait dans le ciel bleu, poursuivie par deux pies acariâtres propriétaires de tout. Un peu plus bas, les tuiles de la maison d'Aline et Pascal se chauffaient au soleil.

C'était bon de vivre près d'une famille aussi douce, un poêle, des chats, jamais le moindre cri, le plus infime drame. Quelle force dans cet amour paisible.

La nuit interrompait mon travail. Je descendais me mettre au chaud et s'il me restait quelques forces, je préparais à mes amis un plat d'automne plein de couleurs. La veille, je m'étais régalé à confectionner un tian de filet mignon aux pruneaux, abricots et figues, dans une sauce au miel et au paprika.

Je leur racontais mes après-midi tièdes dans les branches, eux leur dernière découverte dans les sombres forêts du polar. Nous étions installés tous les trois devant la vitre brûlante du poêle, et le roman noir que j'avais vécu au monastère n'était peut-être que le fruit de l'imagination épuisée d'un écrivain.

Tous les deux jours, j'apportais ma cueillette dans un petit moulin à huile, au bord du Verdon, dans une vallée qui s'ouvre sous les murailles du château des Templiers de Gréoux. Je redoutais que mes olives perdent de leur poids, entassées dans des caisses au fond d'un garage.

L'homme qui travaillait là, en treillis et chapeau de brousse, le visage rapidement taillé au burin, ressemblait plus à un ancien légionnaire qu'au propriétaire d'un modeste moulin. Poings sur les hanches, jambes écartées, il me regardait sortir les caisses de ma voiture et me lançait systématiquement à la place de bonjour : « Le rendement est mauvais, elles sont gorgées d'eau ! »

Cinq minutes plus tard, il était fier de me laisser pénétrer dans la salle des machines. Il m'expliquait quelque chose en agitant les bras, mais le vacarme du broyeur et des deux malaxeurs pulvérisait chacun de ses mots. À l'autre bout de la salle, un mince filet d'huile plus verte que l'herbe au début du printemps sortait d'un canon de fontaine. Il n'y avait plus alors dans cette pièce qu'une immense odeur de fruit, aussi violente que le bruit. On faisait partie de l'olive, on la comprenait.

Ce n'est qu'en ressortant que le baroudeur m'annonçait : « Quarante litres à l'heure ! »

Je revenais du moulin par une petite route toute rousse d'automne, lorsque mon portable a sonné pour la première fois. Personne ne m'avait appelé depuis que je l'avais acheté à Manosque. Je savais à peine m'en servir.

J'ai eu du mal à balayer l'écran avec mon pouce droit, tout en conduisant de la main gauche sur une chaussée glissante de feuilles mortes. Exercice auquel j'étais peu habitué.

C'était la gendarmerie : « Pourriez-vous venir demain matin à 9 heures, nous aimerions vous entendre.

— Au sujet du monastère ?

— Prévoyez la matinée.

— Je ramasse les olives.

— Nous vous attendons à 9 heures. »

Il n'y avait rien d'une demande courtoise dans cette voix. C'était un ordre.

J'ai parlé de cette voix à Aline et Pascal, devant le poêle, le soir, ils étaient aussi étonnés que moi. Pour détendre l'atmosphère, je leur ai dit que je frôlais pour l'instant les trois cents kilos d'olives et qu'il ne me restait plus que deux arbres, sans doute les plus vieux, les plus gros, les plus chargés, au sommet de leur terrain. Malgré les mauvais rendements, ils n'auraient pas loin de cinquante litres d'huile.

Le lendemain matin, je suis allé boire deux expressos au Café de France, j'ai consulté la météo dans le journal. Au comptoir, des hommes parlaient de champignons, ils n'en avaient jamais vu autant à la mi-novembre, d'ordinaire ils étaient pourris depuis longtemps.

À 9 heures, j'ai sonné à la gendarmerie. La porte s'est ouverte immédiatement. J'ai eu la désagréable sensation qu'on m'attendait. Le gendarme qui nous avait reçus dix jours plus tôt, Pascal et moi, m'a précédé dans un couloir, m'a invité à entrer dans une étroite pièce, s'est installé devant un ordinateur et m'a fait signe de prendre place de l'autre côté du bureau métallique.

Il a relu à haute voix mon identité et tout ce que j'avais déjà déclaré puis, les yeux toujours fixés sur son écran, il m'a dit : « Les techniciens de l'identification criminelle nous ont fait parvenir hier les conclusions de leurs analyses. Ils ont trouvé des cheveux et des débris d'os humains à l'endroit que vous nous avez désigné. Tout laisse penser qu'il y avait bien un corps… Je vais être obligé de vous poser d'autres questions… Nous avons pu joindre votre employeur, le propriétaire, avec beaucoup de difficultés d'ailleurs. Un certain Hubert de Saint-Laurent. Officiellement il vit sur un bateau, le *Corail Sea*, "Mer de Corail", sous pavillon panaméen… Le saviez-vous ?

— Je suis allé au cadastre à Moustiers, une employée m'a donné ce nom, je ne savais pas qu'il vivait sur un bateau… "Mer de Corail", c'est beau, ça donne envie de filer sur un voilier vers des mers chaudes.

— Nous l'avons convoqué… Où habitez-vous depuis dix jours ?

— Chez mes amis libraires. Tout à l'heure, en sonnant ici, j'ai aperçu leur maison qui fumait sur la colline d'en face. »

Un second gendarme est entré dans la pièce et s'est immobilisé dans mon dos.

« Êtes-vous retourné au monastère ?

— Je n'en ai pas très envie, après la nuit que j'y ai passée.

— Vous cessez donc votre activité de gardien ?

— Pour l'instant j'essaie d'oublier tout ça. Je ramasse des olives de l'aube à la nuit. Je fatigue mes muscles. C'est la meilleure activité que je connaisse, vous remplissez un panier, vous videz votre tête... Vous avez déjà ramassé des olives ? »

Il ne m'a rien dit. Ses yeux restaient rivés à l'écran que je ne pouvais voir. Chaque fois que je répondais, son sourcil gauche sautait trois fois, mécaniquement, toujours trois fois. Un tic.

« Vous avez vécu longtemps à Marseille, avant de vous établir ici ?... Peut-on dire que vous viviez de vos livres ?

— Non, on ne peut pas le dire. »

Son sourcil gauche a sauté trois fois. Peut-être un truc de gendarme.

« Vous exerciez d'autres activités ?

— J'ai un peu tout fait dans ma vie et je continue à faire n'importe quoi pour pouvoir écrire. Écrire n'est pas vraiment un métier. J'écris comme d'autres chantent dans une chorale, jardinent ou font de l'aquarelle.

— Qui étaient vos employeurs à Marseille ? »

Mon passé à Marseille l'intriguait. À moins que ce soit la simple évocation de ce nom, Marseille, qui le fascinait, cette ville mystérieuse, sombre, si criminelle pour un gendarme des collines qui n'a connu que les cambriolages de résidences secondaires, les vols de cuivre et les excès de vitesse à la fermeture de l'unique boîte de nuit du département. Marseille où j'avais grandi. Une ville hypnotique, aussi sensuelle et charmeuse qu'insolente et barbare. Une cité noir et bleu. Tout ce qui sortait de cette ville ne pouvait être qu'inquiétant et suspect.

« J'ai l'impression que vous me soupçonnez… Pourquoi serais-je venu vous raconter une horreur pareille, si j'avais quelque chose à voir avec cet homme enterré ?

— Pourquoi dites-vous : cet homme ?

— C'était une chaussure d'homme. Quand j'en ai vu le bout dépasser du sol, c'est le mot soulier qui m'est venu spontanément. Une femme ne porte pas de souliers. C'était épais et lourd.

— Quel genre de chaussure ? Plutôt basket ?… Mocassin ?…

— De la boue… une chaussure et une jambe de boue… Si j'avais quelque chose à me reprocher, je n'aurais jamais essayé de déterrer cette chaussure, j'aurais plutôt ajouté une couche de terre par-dessus.

— Personne ne vous accuse. Nous cherchons à comprendre pourquoi vous découvrez une jambe et le lendemain matin, lorsque vous venez nous voir, il n'y a plus rien. Comme je vous l'ai dit, les sangliers creusent, fouillent, dispersent, on retrouve toujours quelque chose. Même affamés ils ne mangent pas tout… Il y a bien quelqu'un qui est venu cette nuit-là et a déplacé ce… ce corps ? Pour l'instant vous êtes notre seul et unique témoin.

— Témoin… Témoin, je veux bien ! J'ai l'impression de glisser doucement de témoin à suspect. Qu'est-ce que je fais ici ?… C'est une garde à vue ?

— Pas du tout, monsieur, mais nous avons le droit de vous garder quatre heures. J'ai des ordres pour vous garder quatre heures. Le procureur s'intéresse de très près à cette affaire. Une affaire grave… Avouez qu'enterrer quelqu'un dans un vieux cimetière de moines abandonné depuis plus de cent ans, ce n'est pas banal. Ajouter un mort aux morts… Celui qui a fait ça est soit tordu, soit très malin. Peut-être un peu trop malin…

— Ça tombe bien ! Je suis un rêveur, un marginal, si j'avais été très malin, je ne serais pas à mon âge le simple gardien d'un tas de pierres surmonté d'une cloche et d'une croix. »

L'autre gendarme était toujours derrière moi. Je ne l'avais pas entendu s'asseoir. Je ne l'entendais même pas respirer. Était-il là pour m'impressionner ? J'avais envie de me retourner mais je ne voulais pas paraître inquiet.

« Vous comptez rester à Riez ?

— Je n'ai pas l'intention d'avoir tout Interpol à mes fesses. Je ne peux pas non plus rester éternellement chez mes amis libraires. Ils sont adorables mais ils ont déjà élevé deux filles.

— Si vous aviez quelque chose à vous reprocher et que vous filiez, vous auriez Europol à vos trousses.

— C'est nouveau ?

— C'est plus efficace… Nous n'en sommes pas là. Demeurez joignable.

— Cet après-midi au moins je serai visible, sur l'un des deux plus gros oliviers de la colline d'en face. Évitez de m'appeler quand je suis perché sur les plus hautes branches, je ne voudrais pas me retrouver allongé à mon tour près des six moines. »

Malgré mon humour, son sourcil a fait trois bonds. C'était une manière bien à lui de tout enregistrer, de classer.

« J'y pense, vous m'avez parlé de cheveux, de débris d'os humains, vous avez donc un ADN ?

— C'est possible… Malgré deux ou trois millions de données, peu d'entre elles parlent. Les fichiers sont détruits après quelques années : dix ans pour les crimes, trois à cinq ans pour les délits. On ne conserve que ceux des criminels les plus dangereux, terroristes, délinquants sexuels, grand banditisme…

— Alors je n'ai aucun souci à me faire ! Si vous voulez mon ADN, je veux bien vous le donner tout de suite. À condition que ce ne soit pas douloureux. Si vous devez me scier le fémur pour prélever un peu de moelle, laissez-moi le temps d'appeler maître Dupond-Moretti.

— Je crois que nous n'en aurons pas besoin… Les bornes téléphoniques nous renseignent plus que l'ADN, c'est un travail minutieux de tri et de patience. Plus facile dans ces déserts qu'au cœur des grandes villes. »

J'ai passé l'après-midi dans les deux derniers oliviers. J'apercevais à l'extrémité du village la façade claire de la gendarmerie. Je me demandais si elle ne devenait pas pour moi plus dangereuse que le monastère… Qu'avait fait debout dans mon dos pendant près de quatre heures ce deuxième gendarme dont je n'avais même pas vu le visage ? Était-ce une pratique courante ?

Le soir, devant le poêle, j'ai raconté à mes amis cette inquiétante matinée. Je leur ai répété la réponse de l'enquêteur, lorsque j'avais proposé de donner mon ADN : « Je crois que nous n'en aurons pas besoin. » Que voulait dire cette phrase énigmatique ?…

Aline semblait très inquiète. Pour détendre l'atmosphère, Pascal a dit : « Les gendarmes d'ici ne trouvent jamais rien. Ils ne retrouveraient pas leur mère dans un placard à balais. » Il leur en voulait surtout de lui avoir mis deux PV en un mois pour excès de vitesse et téléphone au volant. « Ils ont le culot de venir encore chercher le journal !… Jadis les gens d'armes nous protégeaient des bandits de grands chemins. Maintenant ils se cachent eux-mêmes au bord des routes pour nous racketter !

— J'ai ramassé tout à l'heure la dernière olive, tout est au moulin, leur ai-je dit. Je crois que je vais retourner quelques jours au monastère, le temps de l'enquête, si je partais ils prendraient ça pour une fuite, un aveu.

— Tu peux rester ici autant que tu voudras, m'a dit Aline, tu ne nous déranges pas du tout, au contraire, nous avons grâce à toi de l'huile pour trois ans, d'habitude on l'achète et les olives pourrissent sur les arbres… La chambre d'Anna est libre. Tu ne vas pas aller là-bas… Rien que d'y penser j'en ai le dos glacé de sueur.

— Je pense qu'il n'y a pas de risques. Ceux qui ont fait disparaître le corps s'imaginent bien que je ne sais rien. Personne n'a la moindre piste. Les gendarmes en sont réduits à scruter à la loupe le moindre détail du trafic téléphonique.

— On verra ça demain, a dit Pascal, on est tous lessivés. Je préfère les cadavres des bouquins à ceux des monastères.»

Il est monté se coucher et nous sommes restés un moment devant le poêle incandescent, Aline et moi. Elle a baissé la voix :

« Il fait un peu le fanfaron, mais cette histoire macabre l'affecte peut-être encore plus que toi... Il n'écoute pas ce que lui demandent les clients et je suis obligée de lui répéter dix fois la même chose. Il est ailleurs. Où ?... Il fait des cauchemars et se réveille trempé de la tête aux pieds. La nuit dernière, il m'a donné un coup de pied terrible, qui m'a fait hurler. Tu m'as peut-être entendue... Je ne sais pas contre qui ou quoi il se battait, dans son sommeil. Avec toi il plaisante mais je t'assure, cette histoire l'a profondément bouleversé. Peut-être se sent-il responsable de t'avoir proposé ce travail de gardien...

— Raison de plus pour que je retourne là-bas, Aline, nous sommes tous restés suspendus à un moment d'épouvante. Il faut redescendre sur terre. Ce n'est pas le château du comte de Dracula, ce monastère. Peut-être un simple règlement de comptes entre deux familles de Gitans...»

Elle s'inquiétait pour lui, comme il veillait sur le moindre souffle de la vie de cette femme qu'il aimait à la folie. Qu'avais-je raté pour me retrouver seul à mon âge ? Qui m'aimait vraiment, à part cette petite boule blanche aux yeux si bleus ? À quel moment étais-je passé à côté d'une maison tiède, remplie de livres, de joies d'enfants, de douceur ? Avais-je été trop égoïste ? Trop replié sur mes livres, mes songes, mes cahiers ?… Je dormais seul dans le lit d'un évêque puis dans celui, tout rose, d'une jeune fillc.

La petite boule blanche dormait profondément, enroulée sur le doux coussin rose. Je n'aurais qu'à la déplacer un peu et elle se rendormirait dans mon cou.

4

LA MÉMOIRE

Le lendemain matin, je leur ai laissé un petit mot sur la table, j'ai mis Solex dans la voiture, et le ventre noué j'ai repris la direction du monastère. En apercevant de loin l'immense portail rouillé et les deux moines dressés au-dessus des romarins géants, j'ai eu la sensation d'avoir fui ce lieu six mois plus tôt.

La camionnette jaune de l'Indien était garée devant la chapelle. Il a entendu le gravier crisser sous les pneus et il est sorti.

« Ça alors… Bernard de Clairvaux !… Ils t'ont relâché ?

— Qui ?

— Les gendarmes ! J'ai cru que c'était leur voiture !

— Ils sont revenus ici ?

— Deux fois ! Ils m'ont demandé mes papiers, posé des tas de questions sur ma présence ici, si j'étais déclaré, si j'étais en règle… Ils me connaissent, il y a des années qu'ils me voient passer, repasser, travailler, décharger. Ils sont allés flairer ma camionnette. Ils voulaient savoir si je te connaissais, depuis quand, comment... J'ai cru qu'ils t'avaient arrêté.

— Ils t'ont parlé de la jambe que j'ai déterrée ?

— Ils m'ont dit de ne pas aller rôder autour des croix, en bas, ils ont mis des rubans jaunes. J'ai compris qu'il y avait un truc assez moche qui ne devait pas se trouver là. Ils faisaient des mystères, se prenaient pour Sherlock Holmes... Je leur ai dit quelque chose qui leur en a bouché un coin.

— Quoi ?

— Je leur ai expliqué que le cimetière ne devait pas être au pied des jardins à l'époque mais derrière le chevet de la chapelle. C'est toujours là qu'on enterrait les moines ; vers l'orient si possible, la naissance de la lumière. Les sépultures ont été déplacées. Quand ? Mystère et boule de gomme !... On voit bien que les six croix ont été refaites. Aucun bois, même le plus dur, ne résiste à plus de cent ans de pluie, de gel, de soleil. Elles ne sont pas pourries, elles tiennent debout, certaines sont encore lisibles... Impossible !

— Comment sais-tu toutes ces choses ?

— Les livres... Tout ce que je sais faire, je l'ai appris dans les livres. Tout est dans les livres.

— Qui aurait transporté tout ça ?

— Alors là... Il faudrait avoir la liste de tous ceux qui ont succédé aux moines, avant que notre patron achète. Pourquoi déplacer tous ces os ?... Ça gênait qui, derrière la chapelle ?

— La jambe que j'ai trouvée était là depuis quelques

mois seulement. Les vers n'avaient pas fini de la bouffer… Seul je n'aurais pas eu le courage de descendre voir, mais puisque tu es là… Je suis curieux de savoir ce que les gendarmes ont trafiqué.»

OK Dinghy a posé la martelette qu'il tenait encore à la main et nous sommes descendus au bas des gradins.

À l'intérieur du périmètre jaune, les quelques mètres carrés de terre ressemblaient à un mouchoir à carreaux. Les techniciens de l'identification criminelle avaient travaillé avec ordre et minutie, ouvrant des sillons bien parallèles, d'autres perpendiculaires aux premiers. Pas un seul centimètre qui n'ait été retourné, fouillé. J'ai dit à OK Dinghy: «Le monde entier vient creuser cette terre… Les sangliers, moi, les gendarmes, sans doute l'assassin… Ça me fait penser à un poème de Jacques Prévert qui m'avait fait rire dans ma jeunesse, brusquement il me revient.

— Un poème?…

— "Je creuse, tu creuses, il creuse, nous creusons, vous creusez, ils creusent. Ce n'est pas un très beau poème, mais c'est très profond."»

En riant il m'a dit: «Ce soir je vais lire Jacques Prévert. C'est le seul qui peut nous dire où est passé le cadavre!… Et toi? Qu'est-ce que tu vas faire à présent? Tu as le droit de revenir ici?

— Je suis toujours le gardien du monastère… Je ne sais plus trop ce que je garde, à part mon petit salaire. Apparemment le type qui nous paie roule sur l'or. Est-ce qu'il a quelque chose à voir dans cette affaire?… On le rencontrera sans doute bientôt, il est convoqué. Si je dois aller rouler ma bosse un peu plus loin, pourquoi pas, j'ai toujours vécu dans les livres. J'ai besoin d'un toit, manger, on mange toujours… Maintenant j'ai un chat. C'est une responsabilité un chat…»

Solex nous avait suivis, elle remontait avec nous, collée à ma cheville.

«Tu n'as plus grand-chose à nettoyer, rien ne bouge en cette saison.

— Je vais faire du bois et me chauffer les fesses. Je vais passer l'hiver devant de belles flambées. Je commence à avoir très envie de mon cahier. Tu l'ouvres le matin, tu écris un mot, n'importe lequel, et tu pars en voyage. Pas la peine de faire des queues pour trouver un billet, un hôtel, un taxi… Tout est dans les cahiers! L'odeur des ports, le vacarme des villes, la couleur des forêts, le regard des femmes… Tu vois, si j'avais tué ce type et qu'on m'enferme pendant quinze ans dans une cellule, je demanderais juste un stylo, un cahier, et personne ne saurait où je passe mes journées. Je serais partout sauf dans ma cellule… J'ai transpiré tout l'été autour de ces murs, pour arriver où ? À ces rubans jaunes, en bas. Je n'ai pas envie de retrouver un bras derrière le cloître.

— On m'a appris à travailler quand je n'étais pas plus haut que ça. Je ne me suis jamais arrêté. Je bosse jusqu'à la nuit et même le dimanche. L'an dernier j'ai fini une toiture le jour de Noël, sous la neige… Certains pensent qu'il faudrait travailler juste le minimum, dès qu'on bouge, on abîme un peu plus la planète, on se déplace, on branche toutes sortes de machines, on gaspille. Ils ont raison, on devrait en faire le moins possible, se balader, regarder, respirer, comme ton chat… J'ai beau me le dire, je n'y arrive pas, c'est plus fort que moi… Le matin je me lève et il faut que je parte détruire la planète… Prends ton salaire et fais la sieste ! Tu crois que les moines travaillaient ?… Ils s'en mettaient plein la panse et ils allaient roupiller à l'ombre du cloître. Ça fait quinze jours que je bouffe de la poussière, là-bas derrière, pour le roi de Prusse. Et je suis tellement con que j'y retourne ! »

Après le gel de la nuit, dès que les premiers rayons touchaient la cime des grands chênes, c'était une lente pluie de feuilles d'or. Dans cette partie du vallon, encore dans l'ombre, des nuées de pinsons s'abattaient sur l'herbe blanche de givre.

Rien n'avait bougé dans la maison de l'évêque. Pourtant j'étais parti comme un fou, laissant tout grand ouvert. Mes vêtements traînaient un peu partout, mon lit était comme je l'avais laissé, défait, mon ordinateur était ouvert sur le bureau. Si quelqu'un était venu là, depuis dix jours, il avait été très discret.

Il restait six œufs dans le frigo, un morceau de comté, du jambon périmé et cinq petits pots de riz au lait.

J'ai passé une partie de la journée à charrier de grosses branches mortes de chêne, de cade, de genévrier que je sciais dans la petite cour devant la porte et empilais contre le mur. Quand je levais la tête, je voyais étinceler, de l'autre côté de la clairière, le tronc soyeux et blanc des bouleaux. De temps en temps un corbeau passait lourdement au-dessus des toits, en se plaignant, si noir que le ciel paraissait soudain plus limpide.

Je n'ai pas attendu que le soleil glisse entièrement derrière la colline. L'horizon, les nuages et les arbres étaient roses lorsque je me suis enfermé à double tour. Cette lourde porte sculptée dans la masse était plutôt rassurante. Un moment plus tard, le feu ronflait dans l'immense cheminée et les petites branches s'effondraient en sifflant sous le poids des bûches.

J'étais bien calé dans un fauteuil, les deux pieds posés sur les briques de l'âtre. Solex avait bondi sur mon ventre et ronronnait déjà. J'étais revenu sur les lieux de l'épouvante et j'étais bien, léger. Rien ne s'était passé… Il suffisait de caresser la petite tête ronde d'un chat, en regardant danser les flammes.

Ce ronflement continu, ce ronron si doux sous ma main, lentement m'a ramené vers les paysages libres et bleus de ma jeunesse. J'étais sur mon Solex et je filais sur les petites routes de l'été, entre des forêts de chênes verts et des coteaux rayés de vigne.

J'attendais toute une année pour retrouver ce pays bleu, pour écarter de mon corps, dès les premiers jours de juillet, les odeurs grises des livres de grammaire, des cartables, de la poussière de craie et de la peur. Durant toute mon enfance, je suis allé à l'école, au bout de notre impasse, avec la peur au ventre d'être interrogé. Avec ce rat de peur qui me rongeait le ventre.

C'était le plus beau jour de l'année. Je faisais le plein,

regonflais mes pneus, sautais sur mon Solex et partais vers les Basses-Alpes, à cent kilomètres de notre banlieue.

On quittait Marseille sous de longues perspectives de platanes. Des immeubles blancs, étincelant de vitres, se dressaient dans le parc de vieux châteaux abandonnés. La rade disparaissait et je filais sur des routes qui sentaient le goudron fondu et la résine de pin. Je traversais des villages, des forêts, des géométries maraîchères cousues avec le fil noir de longues haies de cyprès.

Dès que je franchissais le pont Mirabeau, mon cœur se soulevait. J'entrais dans le pays bleu. La Durance était là, sous le ciel, large, libre, puissante, dans son lit de draps blancs et de sombres limons. D'un coup, le rat sortait de mon ventre. Pendant plus de deux mois, j'oubliais le rat.

Je dissimulais mon Solex derrière une petite chapelle, juste après le pont, et je piquais une tête dans la Durance. L'été commençait sous cette chapelle dont je n'ai jamais su le nom.

Mes parents avaient acheté une minuscule maison dans le petit village de Saint-Maime, une cuisine et une chambre. Les plus beaux étés de ma vie sont dans ces deux pièces basses qui dominent une étroite vallée dans laquelle, quatre fois par jour, un train sifflait sous de gros paquets de vapeur. Deux rivières brillaient sous des peupliers, avant d'aller se jeter sans se presser dans la Durance.

Lorsque la chaleur de juillet brûlait les toits du village, vers 2 heures de l'après-midi, j'enfourchais mon Solex et filais à la rivière. Je longeais des champs de melons et j'allais plonger dans un trou d'eau. Rien n'est plus miraculeux que ces bains de ma jeunesse. Je sentais l'odeur de l'eau, entre les saules et les roseaux, cette belle odeur verte.

Les jeunes du coin m'apprenaient à pêcher à la main, sous les branches mortes des rives, des barbeaux, des chevesnes, quelques truites, parfois une couleuvre d'eau. Ruisselant, je m'allongeais sur des galets bouillants, aussi gros que des œufs de dinosaures. Je laissais ma tête sombrer dans des sommeils rouges.

Parfois je me glissais dans les roseaux, pour regarder pousser la poitrine des filles. Je retenais mon souffle. Je laissais ces abricots dorés m'éblouir un instant et disparaître sous un morceau de coton.

Les plus beaux étés de ma vie… Jours de liberté, de rires, de peaux jeunes et cuivrées. Mon bonheur était aussi lumineux que cette vallée, aussi libre que ces rivières, aussi clair que ces jours sans fin, loin des murs, des bureaux, des tableaux noirs des écoles.

Les premières filles, je les ai embrassées là, sous les saules. Le soir, sur mon Solex, j'allais les retrouver dans des bals de village, des fêtes foraines, près d'un lavoir…

Il paraît que la Durance s'étire sur 323 kilomètres. Pour moi elle commence au pont Mirabeau et s'achève au pont de La Baume, sous les murailles de Sisteron. Entre ces deux ponts, elle est un corps de jeune fille que j'ai parcouru, caressé, découvert. Je connais les moindres de ses courbes, ses muscles, ses mystères, ses caprices, sa respiration, la puissance soudaine de ses désirs.

Quand l'automne revenait, je redescendais tristement sur mon Solex vers les fumées grises de Marseille, les longs jours mélancoliques. J'allais de moins en moins au collège. Le rat était là… Je traînais mes journées dans les allées du jardin zoologique, en rêvant que je filais dans le doux ronron de mon Solex, vers cette fabuleuse vallée bleue.

Qu'était devenu mon Solex, témoin si discret de toutes mes joies, des premiers baisers, des melons chapardés la nuit au bord des champs, en revenant d'un bal ?

Solex s'était endormie sur mon ventre. Son petit moteur s'était lentement éteint sous mes caresses. Sa fourrure se soulevait à peine sous mes doigts. Les petits coussinets sous ses pattes étaient du même rose léger que le petit triangle de son nez. La regarder dormir valait mieux, pour dissiper l'inquiétude, que toutes les portes blindées du monde.

La vie avait filé de vallée en vallée. Sans m'en apercevoir j'avais vieilli, avant de revenir dans ce vallon oublié des Basses-Alpes. Comment aurais-je pu avoir peur maintenant, cette terre était la mienne, ces forêts silencieuses, ces étoiles, qui m'avaient vu grandir. J'aurais pu sortir, marcher, gravir des chemins, traverser sous la lune des plateaux de lavande, reconnaître de loin le chant de ma rivière. J'étais chez moi.

À midi et demi, le lendemain, Pascal est arrivé les bras chargés de sacs de provisions : « Aline n'a pas fermé l'œil, elle est anxieuse. Est-ce que tu avais besoin de revenir ici ?… Elle te l'a dit, tu ne déranges personne. C'est elle qui est allée faire les courses. Je vais finir par être jaloux…»

Nous sommes entrés et il a tout rangé dans les placards de la cuisine.

«Tu as pu dormir?

— Comme un bébé, le chat sur le ventre.

— Tu es sûr de vouloir rester?

— Si j'étais chez moi, j'installerais un gros poêle en fonte, comme le tien, ces cheminées immenses il faut vivre dedans pour avoir chaud. Va voir au fond de la pièce, c'est glacé. Tu vas m'aider à descendre le lit ici, pour les cinq mois d'hiver.

— Tu comptes passer l'hiver ici?

— L'hiver ou la semaine, ça ne dépend plus de moi… En attendant, si je veux me remettre à écrire, il faut que j'aie chaud. J'ai commencé à couper du bois, il y en a pour cent ans autour de la maison.

— Il y a un bon côtes-du-rhône, un sablet rouge, sers-nous-en deux verres. Je l'ai pris dans ma cave, je ne bois presque plus que ça. Les côtes-du-rhône sont beaucoup moins traités que les autres. Ce sont des vins de mistral, de soleil. Des vins de caillasse.»

Nous nous sommes installés devant le feu que je venais de ranimer. Il a tiré de sa poche un petit revolver.

«Je t'ai apporté ça, on ne sait jamais, tout seul ici…»

Il me l'a tendu. C'était un revolver en acier, la crosse noire devait être en corne.

«D'où sors-tu ça?… C'est un vrai?

— Je faisais du vélo avec un ami, trois fois par semaine,

il y a plus de dix ans, toujours tous les deux dans tous les recoins des Alpes. Il s'est tué dans le col d'Allos, en redescendant sur Barcelo. Sa femme tenait absolument à me donner quelques trucs à lui, auxquels il tenait vraiment : ce qu'il restait de son vélo, son harmonica, ce petit calibre… Je ne connais rien aux armes. Je crois que c'est un 38, c'est gravé au-dessus du barillet. Je t'ai apporté aussi une boîte de cartouches, tu en as vingt-cinq. J'espère que tu n'auras pas besoin de les utiliser toutes… Je n'ai rien dit à Aline, elle m'aurait arraché les yeux.

— Il est minuscule…

— Ce doit être un revolver de femme, en tout cas de poche ou de sac à main. Regarde les balles, elles doivent faire de sacrés dégâts ! Petit mais méchant ! Presque un objet d'art.

— Si les gendarmes me trouvent avec cet objet d'art…

— Et si tu te retrouves la nuit face au dingue qui a planqué le corps ?

— Tu peux descendre un type sans être dingue, quelqu'un que tu hais, qui empoisonne ta vie… Ou le tuer par accident… Tu te souviens de la réaction du gendarme, le matin où nous y sommes allés tous les deux ?… "Vous avez reçu la visite des Gitans, j'imagine ! Ça lui semblait tout naturel. Comme si la plupart de ceux qui sonnaient à leur porte venaient pour se plaindre des Gitans.

— Je sais qu'ils visitent un peu les maisons, par-ci, par-là, surtout celles qui sont fermées hors saison. Pas mal de gens arrivent l'été et découvrent leur maison grande ouverte, un volet fracturé. Pas que les Gitans… Des jeunes qui s'ennuient, qui se montent en ménage… Les belles baraques isolées sont cambriolées chaque année. Les gens ne laissent plus rien dedans, quelques meubles sans valeur, de la vaisselle dépareillée. Il y a un camp de Gitans sur la route de Puimoisson, à trois kilomètres d'ici par l'ancien chemin. Il passe juste sous le monastère, à cent mètres de ton petit cimetière. Plus personne ne l'emprunte. Je me demande si une voiture y passerait encore, tellement ça a poussé. Gitans ou pas, peu importe les rôdeurs, maintenant tu es armé. Tu sais t'en servir au moins ?

— C'est pas sorcier. Je remplis le barillet, je vise et j'appuie sur la détente. Ce n'est pas avec ça que j'irai aux sangliers !

— Alors je suis rassuré, je file. J'ai dit à Aline que je faisais un saut ici, elle m'attend au Café de France. Tu viens manger le plat du jour ?

— Pas comme ça, je ressemble à Raboliot.

— Qui est-ce ?

— Cherche dans ta librairie. Si tu es un bon libraire, il devrait être sur une étagère. Un homme passionné qui vit avec la forêt. Un beau personnage, un rebelle. »

Il a filé et j'ai remis deux belles bûches de cade dans le feu. Une odeur merveilleuse s'est répandue dans la pièce. Je tenais toujours dans ma main ce joli revolver, étonnamment lourd pour sa petite taille. Au-dessus du barillet, il y avait une inscription : « THE PUPPY Boulevard des Italiens Paris ». Sur la boîte de cartouches que Pascal avait posée sur la table : « Étui laiton, poudre noire : 0,45 gr, balle plomb : 9 gr ».

On n'imagine pas, avant d'avoir tenu dans sa main une arme aussi compacte, ce qu'elle peut avoir de si rassurant. J'ai rempli le barillet et, comme on dit dans les romans, j'ai fourré le 38 dans ma poche. Je pouvais m'enfoncer dans la forêt à la recherche des plus belles branches de chêne et, avec un peu de chance, des derniers champignons pas trop véreux.

Les champignons étaient tous visqueux, effondrés, pourris. Entre les branches, le soleil allumait les chemins trempés. Sur les tapis de feuilles rousses, mes pas chuchotaient à peine. J'étais attentif au moindre froissement du feuillage. Quelqu'un rôdait-il autour de moi, invisible, dans ces vastes forêts silencieuses ?

C'est en passant entre les deux moines de plâtre, les bras chargés de bois, qu'une phrase de François Mauriac a surgi de ma mémoire : « La lucidité est la vertu des saints. Ils se haïssent parce qu'ils se voient. » Certains mots reviennent un jour, brusquement, on ne sait trop pourquoi… Je n'avais pas oublié cette phrase, sans doute parce que je ne l'avais jamais comprise. Elle avait dû travailler en moi pendant des années, cherchant une réponse sans que je le sache. J'étais depuis sept mois dans un monastère et elle m'était toujours aussi énigmatique. « Ils se haïssent parce qu'ils se voient… » Comment aurais-je pu haïr, je ne voyais personne ?

Étais-je devenu plus égoïste depuis que j'étais là ? Plus indifférent à la marche du monde ? De quel désastre, drame ou découverte parlait-on, au-delà de ce vallon ?… Qu'étaient devenus les passions, les combats de ma jeunesse ? Les farouches révoltes de mes vingt ans ? Généreux, je l'étais encore parfois, dans mes rêves. Je prenais soin des autres la nuit, me réveillais inquiet pour tel ou tel, ému. Je me levais et l'humanité n'existait plus. Ma jeunesse errait encore dans les jardins éloignés et brumeux de ces rêves.

Le jour j'étais dur, seul et sans désir. J'étais revenu vers ces murs, et le danger lui-même m'était indifférent. Pour la première fois de ma vie, je me glissais armé entre les taillis pourpres de l'automne.

C'est en brassant des flots de documents, dans les tiroirs sans fond du bureau de l'évêque, comme je l'avais fait un ou deux mois plus tôt, que j'ai retrouvé une partie de l'histoire de ce monastère, après la faillite et la fuite des moines vers l'île de Lérins. Peu de chose à vrai dire.

Après le départ de ces pauvres moines, en 1892 et pendant près de trente ans, il n'y a presque rien, en tout cas dans ces tiroirs. Il faut attendre 1921 pour avoir quelque chose à se mettre sous la dent. À cette date, le monastère et ses terres sont vendus à l'abbé Lieutaud, chanoine de Fréjus. Le site sert l'été de colonie de vacances aux séminaristes.

Le 1er mai 1952, les terres complantées à Ségriès de lavandes diverses et un bâtiment de ferme sont vendus à

M. Antoine Chiris, parfumeur à Grasse dont le siège est à Paris. Fait-il faillite ? Motus. Secret de notaire.

En 1961, un certain Bertrand de Saint-Gilles rachète la totalité de l'abbaye de Ségriès…

Pourquoi soudain le monastère devient-il une abbaye ? Mystère…

En 1968, le monastère est vendu aux enchères. Il est acheté par Richard Mérindal, ami de Bertrand de Saint-Gilles. Pour un franc symbolique.

Cent hectares de forêts, terres cultivables et bâtiments historiques, pour un franc symbolique… Peut-on encore parler de mystère ? Quelles forces occultes agissent désormais en sous-main ?

De 1968 à la Canford Holdings, représentée par Hubert de Saint-Laurent, mon employeur, rien. Pas la moindre ligne d'écriture. Plus aucune trace. Les sables du désert… Un demi-siècle de silence total, pour aboutir quelque part dans les îles Caïmans…

Et cette croix de Malte, à trois mètres de ce bureau, sculptée dans la masse de cette colossale porte d'évêque…

J'étais presque étonné de n'avoir retrouvé qu'un seul cadavre sur le théâtre de tant de mystères, cabales.

Tous ces hommes dont je découvrais les noms, avaient-ils appartenu, appartenaient-ils encore à une quelconque société secrète ? Les Chevaliers de la foi, les Illuminés de Bavière, la Main noire, les Rose-Croix, ou plus près de nous et bien plus sanglants, les cartels mexicains ou la 'Ndrangheta ?

Depuis la nuit des temps, les plus grands mystères

sortent des forêts. Je les entendais respirer derrière ces fenêtres.

J'ai poursuivi mes recherches assez tard dans la nuit, furetant un peu partout dans le fond des armoires, d'autres tiroirs presque secrets. Entre deux liasses de paperasse, je suis tombé pour mon plus grand bonheur sur un petit texte écrit à la main. Quelques mots frais, étonnants, sur un cahier d'écolier semblable à ceux que j'utilise chaque fois que je me lance dans un nouveau roman. Quelques roses d'émotion sur de fines lignes violettes :

J'ai porté la blouse jusqu'à la révolution. Celle de 68. Jusque-là la blouse annuelle protégeait nos vêtements de l'usure. Et nous l'économisions. Elle devait faire l'année scolaire. Quand mémé est morte, le liseré rouge a été remplacé par un imprimé petit deuil.

Le général de Gaulle était président depuis toujours et devait le rester encore quelque temps.

L'écran noir et blanc entrait dans nos chaumières et Diego de la Vega devenait mon héros pour la vie.

Les Spoutniks et autres capsules spatiales partaient à la conquête de l'univers. C'est sûr, en l'an 2000, hommes et femmes seraient vêtus de combinaisons moulantes couleur argent, et nous nous déplacerions à la vitesse de la lumière vers toutes les planètes de la galaxie.

Instant de grâce… Quelle fraîcheur après cette assommante littérature administrative, ces troubles transactions…

Qui avait pu écrire et dissimuler ici une chose aussi légère ? Une jeune fille ?... Que faisait-elle dans ce monde d'hommes, de recueillements douteux et sans doute de crimes ? C'était peut-être un garçon... L'écriture ronde, presque enfantine, me permettait d'imaginer une lumineuse jeune fille. Elle attendait l'amour, croyait en l'avenir, avait eu une mémé. Il y avait un peu de ma jeunesse dans ces phrases. Zorro avait été le héros de chacun de nous, son désir de justice avait enflammé tous nos cœurs, en 68. Nous avions surestimé l'homme. Nous avions eu raison de nous tromper...

Tout n'était pas perdu, les plus beaux chemins qui s'ouvraient encore vers le rêve étaient bien dans l'écriture, sous la beauté mystérieuse des mots, la puissance de leur simplicité. N'était-ce pas ce que j'étais venu chercher ici, la splendeur des forêts et le silence de l'écriture.

En me déshabillant pour aller me coucher, j'ai senti ce poids dans la poche de mon jean. J'avais oublié le petit revolver chargé. Je l'ai glissé sous mon oreiller.

5

LES GITANS

Tout n'était que coton à mon réveil. Des trombes d'eau s'étaient déversées toute la nuit sur les toits. J'aime m'endormir en écoutant chanter les tuiles.

Le brouillard qui enveloppait le monastère me rappelait un automne lointain dans la Meuse. Des matins aveugles, glacés. Les arbres, les murs, les buissons n'étaient plus que fantômes de fumée.

J'ai pensé à deux choses, mon cahier et les Gitans. Je ne me sentais pas de rester immobile tout le jour. À quoi ressemblaient ces Gitans ? Étaient-ils les assassins ?

J'ai bu un grand bol de café, ouvert une boîte de thon pour Solex, Pascal en avait apporté quatre. J'ai glissé le petit 38 dans la poche droite de mon blouson et j'ai filé à l'anglaise, avant que Solex ait fini de faire valdinguer la boîte de thon aux quatre coins de la cuisine, à petits coups de langue. Je ne voulais pas qu'elle me suive là-bas. Il n'y a que les sardines et le thon pour qu'elle m'oublie un peu, et le fromage de chèvre. Elle en est aussi folle que moi.

Je n'étais jamais allé bien loin, durant l'été, sur cette

ancienne route de Puimoisson. Mes balades s'étaient plutôt orientées vers les plateaux de lavande et les forêts de pins, sur le versant de Moustiers.

Partout des labours fumaient, et si tout n'avait pas été étrangement blanc dans ce camp de Gitans, je serais passé à côté sans le voir. C'était un terrain vague entouré de chênes et de bouleaux. Caravanes, fourgons et voitures formaient un collier blanc. On apercevait sur la droite une pyramide de pneus, carcasses de frigos, portières de bagnoles et ferraille indéfinissable. Un immense hérisson de rouille.

Quelques minots tapaient dans un ballon, entre de larges flaques d'eau dans lesquelles se reflétaient les véhicules.

Je n'avais ralenti mon pas qu'une poignée de secondes mais je savais qu'ils m'avaient repéré. Les enfants interrompaient leurs courses, leurs cris.

Je me suis approché de la toute première caravane. Une jeune femme secouait un tapis à la fenêtre. Si je voulais parler avec ces gens, il fallait improviser. Je lui ai dit que je cherchais une caravane d'occasion à acheter et ne savais pas où m'adresser.

« Demandez au chef. Moi je peux pas vous répondre. Il est là-bas, de l'autre côté. »

Je me suis retourné. Deux hommes s'avançaient vers moi. L'un était très maigre, l'autre plus court, aussi large que haut. Il n'y avait pas à réfléchir pour savoir qui était le chef. Chef, il l'était déjà en marchant, malgré sa petite taille, en tentant de jauger ma silhouette de ses yeux assombris par des arcades sourcilières proéminentes, comme on en voit chez les néandertaliens.

Je lui ai dit, en faisant trois pas vers lui, quel était le but de ma visite.

« Pour trouver de bonnes occases, il faut aller du côté de Montpellier... Ici vous trouverez rien. Personne ne fait ça dans le coin.

— Vers Marseille non plus ?

— Qu'est-ce que vous cherchez au juste ?

— Les loyers deviennent trop chers. J'ai un petit salaire, je pensais qu'en mettant une caravane quelque part...

— La mienne est à vendre... Ça vous intéresse ?

— Je veux bien la voir... »

Une énorme croix en or, incrustée de diamants, était suspendue à son cou. Il n'était vêtu, malgré le froid humide, que d'un tee-shirt blanc. Ses bras étaient bleus de tatouages.

Nous avons traversé le terrain. Il y avait des Jeep Cherokee, des Audi, des Mercedes. Toutes très puissantes et blanches. Les fourgons aussi étaient presque tous des Mercedes.

Nous nous sommes arrêtés devant une caravane. Une femme est sortie, sans doute la sienne. Elle portait une doudoune et des claquettes, c'est tout. Le Gitan m'a fait signe d'entrer. Une tête de poids lourd. Le nez plus large que la bouche. S'il n'avait pas fréquenté assidûment les salles de boxe, il devait s'être beaucoup battu dans la rue. Ses oreilles non plus ne craignaient plus rien.

« Je m'essuie les pieds ?

— Entrez, c'est bon ! »

Il m'a ouvert quelques placards, de la vaisselle y était bien rangée, m'a montré des banquettes autour d'une table qui se transformaient en lit. Une petite télé dans un coin du plafond. Il a ouvert une porte et j'ai entrevu une douche, un lavabo.

« On a tout le confort ici, cuisine, salle de bains, eau chaude, toutes les chaînes. C'est une petite maison… Vous pouvez vivre à quatre. Mes enfants sont grands, ils dorment dans une autre, à côté.

— Elle est comme neuve. Vous la vendez combien ?

— Huit mille !… C'est une Fendt. Vous trouverez pas mieux !

— Elle ne vous plaît plus ?

— J'en veux une comme celle où vous êtes allé demander d'abord, c'est la dernière sortie, elle est un peu plus longue… plus…

— Fonctionnelle ?

— La mienne a six ans. Elle a tout ce qu'il faut. »

Nous sommes ressortis. Les mains dans les poches, il m'a fait face, a scruté un moment mon visage, mon regard, mes vêtements. Puis, les sourcils plus bas que tout à l'heure, il m'a dit :

« C'est rare qu'un gadjo vienne ici… On est là depuis des années, les gens du village sont jamais venus. Ils ont peur de nous… Tout le monde pense qu'on est des voleurs ! On est des chrétiens !… Des chrétiens évangélistes !… Des voleurs, il y en a partout ! Pas plus ici qu'ailleurs !... Moi je travaille dans le bâtiment. Je restaure, toitures, carrelages, salles de bains... Une maison entière si vous voulez... J'ai un entrepôt à un kilomètre d'ici, au bord de la route, de l'autre côté du village... On est tous chrétiens. On fait de mal à personne ! On paye l'eau, l'électricité à la commune, chaque mois... Les gens croient qu'on vit sur leur dos. Vous, vous achetez de belles baraques, deux cent mille, trois cent mille euros. On se contente d'une caravane... Pas de patron, la liberté ! On travaille quand on veut. L'été on se rapproche de la mer. On se déplace à cent, cent cinquante. On est solidaires... Vous savez ce que ça veut dire manouche ?

— Non.

— Ça veut dire homme libre ! Gitan aussi ! On est pareil, les uns viennent d'Espagne, les autres de l'Europe de l'Est. On s'entend bien. On a appris à se connaître. Ici il y a des Gitans et des Manouches. Tous chrétiens ! On mettra jamais tout notre pognon dans une maison. On trace la route ! »

Les nuages se sont déchirés et le soleil a fait étinceler d'un coup tous ces véhicules flambant neufs. Il y avait, dans les mots et le ton de cet homme, juste ce qu'il fallait d'agressivité, un besoin de se justifier, de disculper tout le peuple gitan, de rumeurs, de peurs, aussi vieilles que les rues. Il aurait pu être leur porte-parole. On sentait qu'il pouvait être, d'une seconde à l'autre, violent et même très dangereux. Je priais pour qu'il trouve ses mots. Rien n'est plus dangereux qu'un homme qui ne trouve pas ses mots.

Les enfants nous observaient de loin, immobiles à présent, les femmes aussi, plus discrètement, derrière des cordes à linge.

Le maigre était resté à quelques mètres de nous. Sans doute son lieutenant. Son regard fendu était pire que celui du boxeur. Cet homme sans mots devait être encore plus cruel. Son nez était aussi long et tranchant qu'une lame.

Ce qui se passait à cet instant devait être rare, l'irruption d'un gadjo inconnu…

Il s'est encore un peu rapproché de mes yeux :

« Dans ce camp, presque tout le monde travaille. Il y a des forains, de la brocante, de la vente ambulante. On vend des pièces détachées, de la ferraille… Au fond, là-bas, il y a deux vieux qui ont passé leur vie dans un cirque qui n'existe plus. On travaille, mais la famille d'abord ! Le respect des enfants !… On pêche, on chasse et on se réunit autour d'un feu. On sait faire la fête. Toujours en famille !… Achetez ma caravane et vous serez mon invité !… Tout le monde gratte un peu la guitare. On aime danser le soir. La famille et la liberté !… Venez, je vais vous montrer le branchement derrière la caravane. Vous arrivez quelque part, cinq minutes après vous avez l'eau et le courant. »

Pourquoi voulait-il m'attirer maintenant là-bas derrière ?… Je lui ai dit : « Ça n'a pas l'air sorcier. Laissez-moi un numéro de téléphone, je crois qu'elle m'intéresse. Huit mille euros, ça me paraît raisonnable, elle est nickel ! »

Je serrais au fond de ma poche la petite crosse noire du 38. Le ton s'était légèrement durci au fil de cet étrange monologue. Soupçonnait-il, à force de fouiller mes yeux, que ma visite n'avait rien à voir avec sa caravane ou s'était-il laissé emporter par sa passion pour la liberté et la famille ?

Il a fait un signe au maigre qui a disparu un instant. Il est revenu avec une carte qu'il m'a tendue. Le boxeur m'a dit : « C'est celle de ma petite entreprise de maçonnerie. J'attends votre coup de fil. »

Je l'ai remercié sans lui serrer la main. Je ne voulais pas lâcher la petite crosse noire. J'ai fait semblant de partir vers le village. Je préférais faire un grand détour par la forêt.

Je suis allé boire un café dans le bistrot de Puimoisson, en observant à travers les voilages si quelqu'un m'avait suivi.

Je n'ai aperçu personne dans les rues de ce village que le mistral naissant vitrifiait. Les Gitans sont beaucoup plus malins que nous, ils sont nés sur la route, ont grandi dehors. Ils sont aussi prudents et rusés que des loups.

Aller voir de près ces Gitans ne m'avait pas rassuré. Les deux à qui j'avais eu affaire n'avaient pas des têtes à tresser des paniers d'osier. S'ils avaient volé des poules, elles ne pouvaient être qu'en or.

Le matin, je jetais quelques notes sur mon cahier. J'écrivais ce que j'avais vu ou fait la veille, des débris de réflexions, de doutes, d'observations, de craintes, quelque rêve qui avait soulevé, au milieu de la nuit, un étrange souvenir. J'ordonnais mes émotions. Depuis quinze jours, ça allait vite !

Cette page si calme, si merveilleusement quadrillée, était comme un jardin protégé de hauts murs. Un minuscule jardin de curé, fleuri de roses blanches. À l'intérieur de mon cahier, la mort ne se risquait pas. Je sentais sa présence derrière la fenêtre, son ombre là-bas sous les arbres.

Après un été lumineux, les bras déchirés par la broussaille, mon tee-shirt toujours trempé de sueur, ma tête pleine de ce ciel limpide, je m'étais remis à penser. Dans chacune de ces pensées tournait l'ombre de la mort.

Que s'était-il passé ici ? Vengeance ? Appât du gain ? Règlement de comptes entre rapaces ? Assassinat de rôdeurs ? Simple cambriolage qui avait mal tourné ? Crime de Gitans ?

Qui était plus dangereux, l'homme à la Bentley, mystérieux et puissant, dissimulé de l'autre côté du monde, élégant et cultivé, entre des montagnes d'argent, ou ces hommes frustes au regard cruel qui vivaient de l'autre côté de la forêt ?

N'importe qui pouvait tuer un homme sans être un assassin, ignorant même qu'il allait enlever une vie, trois minutes avant de le faire... Un psychopathe, qui faisait ça comme d'autres coupent de vieilles branches avec un couteau-scie, pour débarrasser l'humanité de ses plus grands pécheurs.

Hubert de Saint-Laurent et la Canford Holdings ? Les deux Gitans ? Pas une seule seconde je n'avais soupçonné OK Dinghy, cet Indien pétillant d'énergie, de curiosité, d'intelligence. Et si c'était lui après tout qui avait enseveli ce corps ? Depuis trois ans il était le seul à venir travailler ici. Seul à connaître la moindre aspérité de ces murs... Des journées entières à tourner dans ce vallon oublié, comme je le faisais depuis le printemps. Il connaissait l'existence de ce petit cimetière, son isolement à l'extrémité des jardins recouverts de ronces. Creuser dans le silence de ces forêts où personne ne venait, hors des périodes de chasse et de champignons.

Je l'avais trouvé tellement sympathique, vivant... Je savais que les vrais monstres n'existaient pas. Il y avait les fous, les hommes égarés dans la haine, ceux qui sont condamnés à frapper pour écarter une fulgurante douleur. OK Dinghy n'était ni fou ni aveuglé par la haine. Ses beaux yeux noirs parlaient de malice, de vie, pas de douleur.

Depuis une semaine il n'était pas venu...

Je restais des heures, derrière la vitre, à regarder sans les voir cette cour, ces marronniers centenaires, la rousseur des collines piquées, çà et là, de flammes d'or. Le voyage silencieux d'une buse dans la vaste soie bleue.

Tous les deux jours, la patrouille venait tourner dans la cour. J'entendais à peine leur voiture glisser sur le gravier. Ils sortaient un instant. Ils étaient toujours deux. Que je sois revenu les rendait perplexes. Celui qui m'avait interrogé m'a dit : « C'est courageux d'être ici. Vous n'avez pas peur la nuit, tout seul ?

— Je ne suis pas seul.

— Ah bon…

— J'ai mon chat, Solex. »

Ils ont éclaté de rire ensemble. Ils ne me prenaient plus pour un criminel, plutôt pour un type un peu dérangé, un écrivain bizarre, à côté de ses pompes, dans un autre monde. C'est à un type comme moi, un peu paumé, que cette histoire macabre arrivait.

« Vous avez notre numéro, s'il y a quoi que ce soit d'anormal, appelez.

— Tout est anormal ! Vous avez des nouvelles de mon patron ?

— S'il ne vient pas, nous avons les moyens de l'y contraindre.

— Je finis par me demander s'il existe vraiment… Elles portent bien leur nom, ces îles Caïmans. Ils naviguent tous entre deux eaux, avec des mâchoires plus longues que mon bras ! Vous allez voir débarquer un bataillon d'avocats et trois semi-remorques de dossiers. C'est le procureur qui va se mettre au garde-à-vous ! Quand le caïman montrera ses dents, tout le monde le trouvera très innocent.

— Vous avez une drôle de manière de parler de votre employeur…

— Oh, vous savez, il me faut cinq minutes pour remplir mon sac. Des patrons j'en ai eu, je l'ai refait souvent, mon sac… Ma maison, c'est mon cahier. Ma famille, les mots que m'a laissés ma mère. Quelqu'un a dit : "Je suis partout chez moi, comme les rois et les voleurs." J'ouvre mon cahier, je suis roi et je suis voleur !

— Qui a dit ça ?
— Quelqu’un qui avait un cahier. »

Je ne les ai pas sentis très convaincus, lorsqu’en faisant la manœuvre ils m’ont lancé ensemble un regard oblique.

Il n’était pas loin de 11 heures du soir, lorsque j’ai aperçu les deux ombres. J’avais un peu écrit après le repas, sur la table de la cuisine, et en revenant dans le salon pour ajouter deux bûches sur le feu, j’ai jeté distraitement un coup d’œil à travers les vitres. Si la pièce avait été éclairée, je n’aurais absolument rien vu à l’extérieur. Seules les flammes jetaient quelques clartés mouvantes sur les murs et au plafond.

Mes mains en visière, j’ai collé mon front contre la vitre. Deux ombres venaient de traverser la cour et disparaissaient derrière la masse noire du cloître. Deux silhouettes humaines… Mon ventre s’est soulevé. Trop tard pour fermer les volets. Je savais que j’avais poussé l’énorme verrou de la porte. Deux hommes !

Le petit 38 avait sauté tout seul dans ma main.

J’aurais dû être instantanément inondé par la sueur glacée de l’épouvante, comme je l’avais été en entendant un bruit derrière cette même porte, le soir où j’avais déterré la jambe. Je venais de voir deux ombres humaines se dissoudre dans la brume et chacun de mes muscles restait calme, tendu, alerté. Aucun de mes muscles, de mes nerfs ne m’abandonnait. Ma respiration ne s’était pas accélérée.

Solex dormait profondément, roulée en boule sur le fauteuil, devant la cheminée. Surtout ne pas l'affoler.

Ils allaient peut-être tenter de pénétrer dans le cloître, là-bas derrière, en brisant un volet. À 11 heures du soir, ils ne pouvaient être là que pour moi. Qui ? Les Gitans ?... Des tueurs ?... Pourquoi moi ?...

Ils savaient que j'étais là. Ils avaient vu la lueur des flammes. Ils faisaient le tour des bâtiments, à la recherche d'un passage pour arriver sans bruit jusqu'à moi... Attendre était le meilleur moyen de laisser la peur m'envahir. Il fallait que j'aille vers eux, que je les surprenne.

Dans ce salon j'étais une proie. Dans la nuit des corridors, je devenais chasseur. Petit, ce revolver. Dans ma main il était dense, gorgé de plomb, dangereux. J'avais six balles dans le barillet. Ils étaient deux.

Je suis monté au premier étage. De la chambre, une petite porte communiquait avec le cloître. Je l'ai ouverte et me suis glissé dans un étroit couloir qui menait aux galeries. Ce boyau faisait plus de trente mètres de long. C'était comme un passage secret, interdit, entre la vie privée de l'évêque, jadis, et le bourdonnement des moines. Seul l'évêque avait dû l'emprunter. Trente mètres de la nuit la plus noire, sans la moindre lucarne, à peine plus large que des épaules d'homme.

Je l'ai parcouru sans respirer, sans penser. Uniquement occupé à disparaître.

Lorsque j'ai atteint l'autre extrémité du boyau, je ne faisais qu'un avec le monastère. J'étais un morceau de ces murs, leur odeur de salpêtre, l'écho des galeries. J'étais le bleu des vastes plafonds voûtés de la chapelle, la rumeur encore lointaine de la fontaine. J'étais l'esprit du monastère.

Je glissais dans la pénombre. L'idée même de la peur s'était évaporée. J'avançais et il y avait en moi une sorte d'excitation, d'exaltation... Ma main serrait de plus en plus fort la crosse de corne. J'étais sur mon territoire. Les yeux fermés, j'en aurais fait le tour. J'en connaissais les moindres balustrade, marche d'escalier, linteau... Le chasseur, c'était moi. J'étais le créateur de ce profond silence. Je faisais partie de la mémoire de ce monastère tapi dans l'obscurité. Je n'entendais que mon sang frapper dans mes oreilles.

Il y avait peut-être des fantômes dehors. J'étais l'un des leurs. Je participais à ce bal des ombres invisibles. Ils pouvaient surgir de n'importe où, ils étaient à ma merci.

Je me suis coulé d'un pilier à l'autre, le long des galeries. Mes pas ne faisaient pas plus de bruit que dans les rêves. Dans le puits du cloître, la lune éclairait chaque porte de cellule, chaque pavé de la cour, le feston des tuiles tout autour, là-haut.

Je suis entré dans le massif de bambous, près de la fontaine. Elle faisait à présent un bruit de cataracte. La nuit était au cœur de ce feuillage, plus sombre qu'ailleurs. Je me suis accroupi. J'aspirais l'air lentement, bouche ouverte, comme un loup à l'affût, prêt à bondir.

Il y a trop longtemps que j'attendais que quelque chose se passe dans cet étroit vallon et dans ma vie. Je ne pouvais pas continuer à subir, à attendre. Attendre une convocation des gendarmes, l'apparition d'un extravagant propriétaire, la violence peut-être cruelle des rôdeurs…

J'espérais qu'ils avaient pu pénétrer, qu'ils étaient en train de s'avancer vers moi. Il fallait enfin que quelque chose arrive.

En fermant les yeux, je revoyais ces deux ombres traverser la brume, l'une plus longue que l'autre. Les deux Gitans ? Le boxeur et le maigre au nez en forme de lame ?…

Je suis resté une heure, peut-être plus, accroupi au milieu des bambous aussi épais que mes bras. Il n'y avait que le puissant tambour de la fontaine et la lueur de la lune jusqu'au seuil de chaque voûte, entre les piliers.

Les muscles de mes cuisses étaient en bois, la main qui serrait le calibre aussi. Impossible de rester plus longtemps dans cette position. Les premières crampes mordaient mes cuisses. J'ai pensé aux gendarmes. Je n'avais que deux numéros enregistrés dans mon portable, celui de Pascal et le leur. Appeler d'ici était trop dangereux. Même tassé dans cette petite jungle, la clarté de l'écran aurait fait de moi la plus belle des cibles.

Je suis sorti de ma cachette sans froisser le feuillage et, par un escalier dérobé, j'ai gagné le premier étage.

J'ai fait le tour de la galerie supérieure, je suis entré dans la dernière cellule et m'y suis enfermé. La nuit y était totale.

Un gendarme a décroché immédiatement. Il était pourtant beaucoup plus de minuit. Je lui ai expliqué à voix basse ce qui se passait. Il devait être au courant de l'histoire du monastère, il m'a répondu calmement : « Restez où vous êtes. Ne bougez pas, je vous envoie la patrouille. »

J'ai entrouvert d'un cheveu et demi la porte de la cellule. Un quart d'heure plus tard la lumière bleue d'un gyrophare fouettait le ciel, la cime des arbres, les toitures. J'ai glissé le 38 dans ma poche et je suis allé à leur rencontre.

Ils étaient deux. Aussi tendus que moi mais beaucoup moins sereins. Je leur ai raconté en quelques mots ce que j'avais vu à travers la vitre. Nous avons fait ensemble le tour complet des bâtiments. À l'aide de leurs puissantes lampes torches, ils balayaient les murs puis la lisière de la forêt, chaque arbuste, buisson, tas de pierres, de plus en plus nerveusement. Leur deuxième main frôlait la crosse de leur arme, sur leur hanche.

Je les guidais dans le moindre recoin. Leur visage était blême. Leurs yeux immenses. Je les entendais respirer.

Ils n'étaient pas mécontents de retrouver leur véhicule. Leur gyrophare tournait toujours comme un fou furieux dans ce désert. Pour surprendre quelqu'un, il y avait plus discret. Je n'avais jamais vu le monastère bleu. Il était très beau, très romantique.

« Vous êtes sûr de ce que vous avez vu ?... La nuit, pour peu qu'il y ait un peu de vent...

— Je ne fume aucune substance et il n'y a pas un brin de vent.

— Ça ressemblait à quoi ?

— Je vous l'ai dit, à des ombres...

— Des ombres comment ?

— Comme toutes les ombres, sauf qu'elles sont sorties de là et qu'elles ont disparu là-bas.

— Comme si elles voulaient se dissimuler ?... Furtives ?

— Ce qui est certain, c'est que ces deux-là ne cherchaient pas des champignons, ni un coin tranquille pour faire l'amour. Vous avez vu la température... Deux silhouettes noires. Une beaucoup plus longue que l'autre. Vous avez dit le mot juste : furtives. »

Je ne voyais pas l'intérêt de leur dire que j'avais pensé aux deux Gitans. J'avais un doute et ça ne servait à rien. Je les imaginais se pointant le lendemain au milieu des caravanes : « On vient parce qu'on a aperçu deux ombres autour du monastère cette nuit. » Les Gitans avaient de quoi se marrer jusqu'à Noël.

« Vous allez rester là ?... »

Ils n'avaient qu'une hâte, retrouver la gendarmerie, sa tiédeur, un café brûlant.

« Où voulez-vous que j'aille... J'habite ici. Je vais me barricader, et à force de tendre l'oreille je vais sombrer. »

Je sentais le poids rassurant du petit calibre, dans ma poche droite, son ventre gorgé de plomb. Ils sont remontés dans leur véhicule et ont ouvert, au cœur de la forêt, une belle vallée bleue.

J'ai fermé les volets. Je me suis couché. Solex est venue se blottir contre mon cou, a mis en marche son petit moteur, et j'ai oublié d'un coup toutes les ombres de la nuit.

Je rentrais quelques belles bûches de hêtre, le lendemain matin, en observant Solex qui tentait désespérément de faire entrer sa tête dans une boîte de bisque de homard que je venais d'utiliser pour me préparer des quenelles, lorsque la sonnerie de mon portable nous a fait bondir tous les deux. Il m'a fallu plusieurs secondes pour comprendre l'origine de ce fracas. Seuls les gendarmes m'avaient appelé jusque-là. C'était une voix d'homme :

« Il faut que je vous parle, monsieur, c'est important. »

La voix était grave, calme. Elle semblait lointaine.

« Me parler de quoi ?...

— C'est urgent.

— Qui êtes-vous ?

— Je vous expliquerai.

— Parlez, je vous écoute...

— Je préfère vous rencontrer. Vous n'êtes pas loin de Riez ? Le téléphone... ce n'est pas prudent.

— Vous voulez que je vienne à Riez ?

— Ce serait bien. Au Café de France par exemple. Je crois que vous connaissez. »

S'il me donnait rendez-vous dans un lieu aussi fréquenté que ce café, ce n'était certainement pas pour m'y égorger.

« Dans une heure je serai là-bas... Je vous reconnaîtrai comment ?

— C'est moi qui viendrai vers vous. »

Il a raccroché, comme si cette conversation devenait trop longue, dangereuse.

Une voix sans accent. En tout cas, pas celui d'ici. Un accent neutre. Le numéro qui s'était affiché n'était pas celui d'un portable. M'avait-il appelé d'un lieu public ? Quelqu'un qui se doutait ou savait que j'étais sur écoute... Un gendarme ?... Personne ne connaissait mon numéro, à part eux et Pascal. Pourquoi un gendarme m'aurait-il donné rendez-vous dans un café ? Ce dont j'étais certain, c'est que cette voix posée, presque élégante, n'était pas celle d'un Gitan. Ce qui se passait autour de moi était de plus en plus énigmatique.

J'ai fini mon bol de café, pris une douche, glissé le petit calibre toujours chargé dans la poche de mon blouson, et j'ai filé à Riez.

Solex s'expliquait encore frénétiquement avec la bisque. Au moins elle ne me suivrait pas.

Le Café de France, à cette heure de la matinée, bourdonnait de conversations, d'appels, de fraternelles claques dans le dos, de rires sonores. Des commerçants qui s'apprêtaient à soulever leurs rideaux, des chômeurs, des chasseurs en treillis, des piliers de bar, des solitaires qui attendent l'ouverture des bistrots pour retrouver un peu de chaleur humaine.

Au comptoir, tout ce monde ne parlait que des gilets jaunes. Je savais que le pays était soulevé, depuis quelques jours, par cette fulgurante fièvre jaune. L'irruption des obscurs, des sans-noms, à tous les ronds-points, les péages...

Du fond de ma retraite et de mon propre chaos, je n'avais pas suivi ce que certains nommaient déjà crise insurrectionnelle.

Près de ce comptoir, chacun savait exactement ce qu'il fallait faire le jour même pour éteindre ou étendre l'incendie. Il y avait autant de sans-culottes que de présidents de la République. Chacun hurlait sa colère ou son indignation. Tout le monde existait un peu plus dans ce tumulte, et il devait en être ainsi dans le moindre bistrot perdu aux confins du pays.

Un Mai 68 de ceux qui n'ont rien dit depuis cent ans et regardent chaque soir les mêmes je-sais-tout qui pérorent à la télé depuis un siècle. La haine des invisibles, face à une élite de naissance. Les ténèbres de la campagne, face aux lumières et à la suffisance du château… Les uns font le tour de la Lune, les autres le tour du rond-point.

J'ai commandé un café allongé, par-dessus cette cohue véhémente, et je suis allé m'installer en terrasse. La brume était glaciale, mais pour parler discrètement avec un inconnu, ces quelques guéridons vides étaient parfaits.

Ma tasse chaude dans le creux de mes mains, je dévisageais tous les hommes qui entraient ou sortaient. Aucun ne croisait mon regard. Ils étaient tout entiers absorbés par cette déferlante jaune, qu'ils la subissent ou l'applaudissent.

Les minutes s'écoulaient. Personne ne s'approchait de moi… Je suis entré commander un deuxième café et vérifier qu'aucun homme n'était installé à l'écart, seul.

Après une bonne heure d'immobilité sur cette terrasse où le froid, qui avait durci mes pieds, montait à présent le long de mes jambes de marbre, j'ai été convaincu que ce rendez-vous était faux. On m'avait fait venir ici pour m'observer, me mettre sous pression… D'où pouvait-on m'épier ? Sur ce trottoir, je n'apercevais que des gens qui passaient, s'interpellaient, entraient dans des boutiques.

Des voitures étaient garées de l'autre côté des allées Louis-Gardiol. De l'une de ces voitures, peut-être…

J'ai réglé mes cafés et traversé la route. Sur ce parking, parmi des dizaines de véhicules en stationnement, deux seulement étaient occupés. Une jeune femme se remaquillait dans le rétroviseur de sa Smart. Un homme téléphonait dans une Renault Scenic blanche. Faisait-il semblant, à mon approche ? Je ne pouvais pas cogner à sa vitre et lui demander ce qu'il faisait là. Je n'avais même pas de gilet jaune. J'ai repris ma voiture.

Solex avait dû coincer sa boîte sous un meuble. Elle dormait en boule sur les briques tièdes de la cheminée, près d'un tas de braises.

6

LA CONFESSION

Le silence m'a réveillé. Il était trop grand, trop profond. J'ai poussé les volets. Tout était blanc. Il avait dû neiger toute la nuit. La vigne vierge formait autour de ma fenêtre une étincelante broderie de diamants.

J'ai sauté dans mes vêtements et je suis sorti. J'ai fait trois pas dans cet immense cahier blanc grand ouvert. Un cahier sans limites, vierge et sans mémoire. Aucun mot n'y était encore inscrit. Quelques flocons se balançaient sur l'écran noir de la forêt.

Je suis entré dans le silence. Seuls mes pas faisaient crisser doucement cette neige et laissaient une empreinte très propre, sculptée. Solex m'avait suivi, plus ahurie que moi. Elle s'enfonçait jusqu'au ventre. Si ses oreilles et sa queue n'avaient pas été marron glacé, elle n'aurait été qu'un gros flocon qui hésite.

Les corbeaux que j'avais dérangés ont quitté la cime des platanes, dans ce silence leurs cris semblaient plus rauques, leur vol plus noir. Je découvrais ce monastère… À chaque étage, les sept yeux sombres de ses fenêtres m'observaient. De temps en temps une branche craquait sous le poids de la neige qui s'effondrait.

Cette neige avait effacé le monde et tout ce qu'il contenait de cruauté, d'égoïsme, de mensonges. On pouvait tout imaginer soudain. Partir devant soi, sans but, traverser des plateaux, des champs immobiles, des vallées de silence, et réécrire en avançant toute l'histoire du monde. Tout réinventer, dans cette pureté vertigineuse.

Tout au bout des jardins, plus bas, les croix des moines étaient six enfants qui jouaient en écartant les bras. Un dicton que citaient mes parents m'est revenu : « Neige de Saint-André, peut cinq jours tomber. » Peut cent jours tomber m'aurait bien arrangé. Je me déplaçais dans la beauté et aucun Gitan ou rôdeur ne pouvait s'approcher de moi sans que je puisse lire la trace de sa présence.

À l'entrée du chemin, Benoît de Nursie et Bernard de Clairvaux montaient la garde sous d'épaisses capuches blanches. La nuit avait jeté sur leurs épaules des manteaux d'une blancheur cistercienne.

Jamais je ne m'étais senti aussi protégé que dans ce matin de neige. Il n'y avait dans ces forêts que l'empreinte de mes pas et les mille petits trous des pattes de Solex qui peinait à me suivre.

J'ai escaladé la colline. Je voulais voir de loin la plus belle crèche de Noël, Moustiers-Sainte-Marie, le village où avait grandi ma mère, entre une falaise et un torrent. En une nuit le ciel avait tout effacé, le bien, le mal, les scènes de crime. J'étais comme un enfant qui découvre la première neige de l'année.

Quand je me suis retourné, j'ai vu que les petits trous avaient fait demi-tour vers le monastère. J'ai eu moi-même envie d'un bon feu, d'un bon café. Un jour sans école, ai-je pensé. Mon cœur était aussi léger que ces plumes blanches qui dansent au-dessus du visage ébloui des enfants.

Le monastère étincelait de milliards de pierres précieuses suspendues aux génoises et à la cage de fer de la petite cloche, muette pour l'éternité.

Vers 4 heures de l'après-midi, j'ai vu arriver Pascal. Il n'était guère plus vêtu que dans sa librairie. Je lui ai dit : « Tu as pu monter ?... Ils ont nettoyé la route ?

— Je suis venu à pied. J'avais besoin de marcher.

— Depuis Riez, avec ces mocassins... Sans doudoune ? Tu es un peu givré !... Je vais te faire un bon café brûlant, avec un nuage de lait.

— J'en ai trop bu aujourd'hui... Un verre d'eau. »

J'ai fait repartir le feu avec deux bûches de pin suantes de résine. Il s'est enfoncé dans le fauteuil, devant la cheminée. Son regard était sombre, ses traits tirés. Il ne disait rien.

« On dirait que tu les as dans les jambes, ces neuf kilomètres... Il y a autant de neige en bas qu'ici ? »

Il n'a pas répondu. Il n'était pas comme d'habitude, jovial, enjoué, volontiers espiègle. Je le sentais inquiet. Je lui ai demandé s'il avait des soucis avec la librairie.

« Ça marche… On devrait organiser une fête du livre avec Aline, cet été, sur la place, “La ruche des mots”. Du miel, des livres… Une vingtaine d’écrivains.

— Ça n’a pas l’air de te transporter… Tu ne pourras pas m’inviter, je n’ai rien écrit cette année, malgré le silence de ces pierres. »

Son sourire était profondément mélancolique. Si l’on pouvait appeler sourire ce rictus.

« Tu aurais pu écrire une drôle d’histoire ici…

— Quelle histoire ? »

Je sentais qu’il voulait me parler de quelque chose qui le tourmentait. Il tournait autour du pot, évitait mon regard.

« Mon histoire, a-t-il poursuivi, très bas. Tu te souviens du message que tu m’as envoyé, la nuit où tu as découvert la jambe ?

— Je t’ai dit que j’étais en danger, qu’il fallait que tu viennes immédiatement avec les gendarmes. Tu parles si je m’en souviens ! J’étais barricadé ici, paralysé par l’épouvante, incapable de courir dans le noir jusqu’à ma voiture, derrière la maison du gardien. Je t’ai attendu toute la nuit. Tu n’as pas vu mon message.

— Ton message, je l’ai vu.

— Comment ça, tu l’as vu ?…

— Je l’ai lu dès que tu me l’as envoyé, à 19 h 13. »

Ses yeux étaient si fixes à présent, si saillante sa mâchoire, que j’ai pressenti quelque chose de terrible, d’inexprimable. Ce visage encore jeune, joyeux, enfantin parfois, était soudain presque laid, envahi par une force noire qui le décomposait. Je ne reconnaissais pas mon ami Pascal. En quelques minutes, il était devenu vieux, terreux.

« Tu veux dire que tu as quelque chose à voir avec ce... »

Le silence qui a suivi était insupportable.

« C'est moi qui l'ai tué. C'est moi qui l'ai enterré. »

En une seconde, tout mon corps a été inondé de sueur. J'étais trempé de la tête aux pieds. Glacé. Je lui ai dit : « Tu racontes n'importe quoi ! » Mais je savais qu'il disait la vérité. L'indicible vérité. La monstrueuse vérité.

« J'ai tué un homme qui ne m'avait rien fait. »

Et cette seule phrase était une pyramide d'angoisse qu'il portait dans ses entrailles depuis de longs mois. Des mots atroces qui pourrissaient dans son ventre et qu'il venait de sortir dans une grimace hideuse. Comme s'il venait de cracher entre ses jambes une affreuse tumeur.

« J'ai tué un homme parce que j'étais jaloux. J'étais malade de jalousie ! Je l'ai assassiné ! »

Il a enfoui son visage dans ses mains et il a poussé un interminable cri de détresse. Il pleurait comme je n'avais jamais vu quelqu'un pleurer. Il hurlait, et tout son corps se soulevait. C'était un corps plein de souffrance, de solitude et de malheur. Un hurlement déchiré de bave et de sanglots.

Tout venait de craquer, de céder, chez cet homme, sous la pression incommensurable de la douleur. Je comprenais à peine ce qui était en train de se passer. La métamorphose de cet homme.

Je me suis assis près de lui. J'ai posé ma main sur son épaule. Sa carcasse vibrait, sautait. Les glaires étaient si abondantes dans sa gorge qu'elles noyaient le bruit sans fin de sa plainte.

« Calme-toi, Pascal, on va boire quelque chose de fort. Tu vas tout me raconter... Calme-toi, je suis ton ami. »

Sous ma main, il criait encore, mais plus faiblement. Son corps s'est lentement arrêté de sauter.

« J'ai eu tellement peur... tellement... Aline, c'est toute ma vie ! s'est-il étouffé dans ses larmes. Sans elle, je suis perdu...

— Elle te trompait !

— Je l'ai cru... Ça vient de si loin... Dès que je l'ai vue, j'ai aimé Aline... J'avais sept ou huit ans... J'ai toujours aimé Aline comme un fou !... On était tous des enfants. Je ne voyais qu'Aline... Elle ne regardait que Jean-Paul. »

Il reniflait, râlait, suffoquait.

« Jean-Paul ?

— Il habitait avec sa famille aux environs de Montpellier... Sa grand-mère avait une maison ici, sur la colline. À chaque début de vacances il arrivait, l'hiver, l'été... On jouait tous ensemble. Aline le regardait... Pendant des années elle l'a attendu, admiré... Elle ne vivait que pour les vacances... Plus on grandissait, plus j'aimais Aline. Plus elle l'admirait... C'est devenu un adolescent très beau, vif, brillant. Il arrivait de la ville. Il parlait de tout, savait tout. Il faisait rire les filles... Elles étaient toutes amoureuses de lui. Aline encore plus que les autres... La première fois qu'ils se sont embrassés, au bord de la rivière, j'étais là... J'aurais voulu mourir tout de suite, me noyer... Ils ont disparu derrière les saules. Je suis allé pleurer toutes les larmes de mon corps. Jamais je n'avais connu une telle souffrance, une telle solitude... J'ai souffert pendant des années... Les autres filles ne m'intéressaient pas. Dès que je voyais le sourire d'Aline, j'étais heureux. Je n'ai jamais vu un sourire comme le sien... Il est tellement lumineux, tellement merveilleux... Tu as vu son sourire ?... Jean-Paul a passé son bac, là-bas, et il est revenu de moins en moins. Il faisait des études de lettres... Un jour il n'est plus venu du tout, et Aline a commencé à souffrir... Elle s'éteignait, ne sortait presque plus. Elle était aussi malheureuse que moi... Les années ont passé... Mon amour pour elle n'avait pas cessé de grandir. Il était passionné... Un jour je l'ai invitée au mariage d'un ami, dans un magnifique petit château de conte de fées... Je l'ai invitée à danser dans le parc et je l'ai embrassée... Il y avait des lumières partout dans les arbres, des robes de toutes les couleurs, plusieurs petits orchestres sur les pelouses... C'est le plus beau jour de ma vie... »

Ma main était toujours posée sur son épaule. Je ne l'interrompais pas. Je savais qu'il était parti. Il irait jusqu'au bout.

« Nous sommes sortis ensemble tous les samedis. On allait danser, voir des films à Manosque, puis on s'est retrouvés presque tous les jours. Son sourire est revenu... Dès qu'elle venait vers moi, le monde s'éclairait. Durant toute mon enfance et ma jeunesse, j'avais rêvé d'Aline... Ce rêve, je le serrais dans mes bras... Ma vie a commencé le jour où j'ai embrassé Aline. Un soir d'été, sous de grands arbres illuminés. Je vivais un rêve... Le conte de fées était vrai… Je n'arrivais pas à croire que je la rendais vraiment heureuse, qu'avec moi elle oubliait son premier amour… La voir rire me suffisait. La voir danser, essayer des robes… J'avais si peur de la laisser face à sa mémoire, au visage de Jean-Paul, à son charme, à tous les mots qu'il connaissait… Je ne la laissais pas respirer. On est allés partout… Un jour elle m'a dit qu'elle était enceinte. J'ai éclaté en sanglots. C'était Anna… Nous nous sommes mariés et j'ai commencé moi aussi à oublier cet homme. Nous avons travaillé tous les deux, douze heures par jour, dans une pizzeria, puis nous avons acheté la maison de la presse… La suite, tu la connais. Nous avons trimé jour et nuit, construit notre maison… J'aurais pu travailler encore plus, je construisais notre bonheur. Notre deuxième fille était née. »

Il s'est interrompu. Il respirait bruyamment avec sa bouche. De la morve pendait sous son nez. Il regardait les flammes et ne voyait que sa vie. Je lui ai dit : « Un jour il est revenu ?

— Il y a trois ans, il a hérité de cette belle bastide sur la colline et il est revenu… Il était devenu professeur de lettres à la fac de Montpellier, spécialiste d'Albert Camus… Toujours aussi charmeur, brillant. Il voyageait partout, donnait des conférences dans le monde entier… Quand je tombais sur un article où on parlait de lui, je cachais le journal pour qu'elle ne voie pas sa gloire… Il est entré dans la librairie, et mon cœur s'est arrêté… Aline était à la caisse. Son cœur aussi s'est arrêté… Il est revenu deux ou trois jours, de temps en temps, puis plus longtemps… Il a fait faire d'immenses travaux dans sa maison. Une piscine, une véranda, un salon d'été… Un jour, je les ai vus tous les deux, à la terrasse d'un petit café, à la sortie du village. Aline et lui… Elle l'écoutait en souriant. Elle lui offrait son sourire si beau… Ma vie était finie… Elle vivait près de moi, mais secrètement c'est lui qu'elle n'avait jamais cessé d'aimer… C'est ce jour-là que j'ai décidé de le tuer… Je l'ai tué sous la tonnelle de ce café, sans le savoir, caché derrière un arbre… Avec ses mots, il me la volait… Elle le regardait comme elle l'avait toujours regardé… J'ai retrouvé d'un coup la solitude qui m'avait envahi, le jour où ils s'étaient embrassés, au bord de la rivière… Je crois que je suis tombé malade. Je n'entendais plus les clients. Je me trompais dans toutes les commandes. Mon vélo restait dans le garage… Je me cachais partout pour pleurer… Aline dormait près de moi et je faisais d'atroces cauchemars. Chaque nuit elle était dans ses bras, rayonnante, et je le tuais… Un matin je me suis levé, j'étais calme. Je savais que le soir il ne vivrait plus… J'ai fait ce que j'avais fait cent fois dans ma tête… Chaque pas, chaque geste, je le connaissais par cœur. J'ai refait comme un automate ce que j'exécutais la nuit dans mes rêves… Pour la première fois depuis des mois je ne ressentais aucune douleur… J'ai dit à Aline que j'avais besoin de marcher. J'allais remonter les gorges jusqu'au Point Sublime… C'était le début des vacances de Pâques. Il était là… J'ai mis le fusil de chasse de mon père dans la voiture et je suis parti… Je me suis garé à deux cents mètres de chez lui, dans la forêt. Je savais qu'il était seul…

Je me suis approché le plus possible et j'ai attendu derrière un tilleul… Vers 10 heures du matin, il est sorti en tenue de sport. J'ai appuyé deux fois sur la détente, deux cartouches de chevrotine. Il est mort sur le coup… »

Entre chaque phrase il reniflait, avalait ses glaires, s'étranglait, attrapait un peu d'air.

« Personne n'a entendu ?

— Il habite en pleine colline… Un chemin qui part de la gendarmerie et qui monte très haut dans les pins, sur la route de Sainte-Croix. Aucun voisin… J'ai rapproché la voiture, je l'ai enroulé dans une toile cirée et je l'ai chargé dans le coffre… J'ai trouvé que pour un intellectuel, il était très lourd. C'est drôle ce qu'on peut penser dans ces moments-là… J'avais une force incroyable… J'ai enfilé des gants en caoutchouc. J'ai pris les clefs dans sa poche et je suis entré dans la bastide… J'ai ramassé toutes ses affaires qui traînaient et j'ai rempli son sac. J'ai vidé le frigo, fait la vaisselle… J'ai regardé longtemps son lit avant de le refaire. Je ne savais pas si Aline était venue là… J'ai observé cette chambre pour savoir si elle était plus belle que la nôtre… Elle était très belle… J'ai refermé à clef, chargé le sac dans ma voiture, et j'ai filé.

— Et sa voiture ?

— Il n'en a pas. Il vient en train jusqu'à Aix, puis le car. Ici il a un vélo. Il n'a jamais voulu de voiture… Voilà, c'est très simple finalement… C'est horrible et ça a été tellement facile.

— Pourquoi tu l'as amené ici, au monastère ?

— Lorsque je t'ai donné les clefs, je t'ai dit que l'homme à la Bentley me les avait remises une semaine plus tôt. Je t'ai un peu menti, je les avais depuis un mois… Dans ce monastère, on venait y jouer, enfants, c'était mystérieux, on avait peur. On se cachait dans le moindre recoin… Certains d'entre nous se sont embrassés ici pour la première fois… Le monastère, c'était notre secret, notre domaine. On y cachait des objets, des trucs volés parfois… J'ai pensé tout de suite au cimetière des moines. Un mort de plus ou de moins… C'était l'endroit idéal, loin de tout, à l'abandon. Personne n'y vient en dehors de la chasse.

— Pourquoi m'avoir donné les clefs, à moi ?… Tu aurais pu les oublier dans un coin de la librairie.

— Sans le savoir, je te les ai peut-être données pour en arriver là, devant cette cheminée, où je viens de tout te raconter… Je savais sans doute qu'il faudrait que je le dise à quelqu'un, un jour… Je te les ai données pour que tu me dises ce que je dois faire… J'ai souffert comme une bête blessée jusqu'à ce que je fasse ce geste. Maintenant je suis perdu… J'ai tué un homme qui ne m'avait rien fait.

— Il n'était pas l'amant d'Aline ?

— Je suis persuadé que non… J'ai observé Aline durant tout l'été. Je pensais qu'elle allait l'attendre, le guetter, recommencer à souffrir… Il n'est pas venu et elle était souriante avec moi, heureuse. Plus gaie que jamais… C'est elle qui a eu l'idée de la ruche des mots… Elle n'avait jamais eu autant envie de faire l'amour, d'aller au restaurant. Elle se faisait belle pour moi… Je me demande même si elle s'est aperçue de son absence… Je me suis trompé, ils n'étaient pas amants. Elle l'avait oublié…»

Nous sommes restés un long moment silencieux. Les braises éclairaient son visage dévasté. Un fil de morve brillait toujours sous son nez. Il s'est remis à parler, comme s'il était seul, le regard aussi fixe :

«Quand j'ai vu ton message, j'ai failli aller à la gendarmerie et tout leur raconter… Je ne sais pas pourquoi, j'ai pris ma voiture et je suis venu ici… Tu ne pouvais pas m'entendre, je suis arrivé par l'ancienne route de Puimoisson, là-bas dessous… Je n'ai pas eu de mal à récupérer les restes du corps, les sangliers avaient tout retourné… Je suis allé les jeter dans le ravin de Balène, à deux kilomètres d'ici. Même les chasseurs n'y descendent jamais, c'est trop dangereux. C'est dans ce coin que j'avais brûlé son sac et ses affaires…»

Tout ce qu'il racontait était déconcertant, à peine croyable, et cependant tout semblait presque naturel. Il y avait une logique, un mouvement inéluctable qui s'était mis en marche. Il me révélait une vérité que j'avais toujours refusé de regarder. J'avais cherché ailleurs, sachant très bien que je ne trouverais rien… Je pensais à ce mort et je pensais à mon ami. Je lui ai dit :

«Quand il n'est pas retourné à l'université, après les vacances de Pâques, il y a eu une enquête…

— Sans doute à Montpellier. Il y a eu deux entrefilets dans le *Midi Libre*. On parlait de disparition étonnante, suspecte… Beaucoup de gens le jalousaient là-bas… C'est un homme qui a toujours fait de l'ombre autour de lui. J'ai rarement rencontré quelqu'un d'aussi brillant. Les enquêteurs ont dû se demander s'il avait fui un danger... Tout le monde a le droit de disparaître, de changer de vie... Il avait pu filer avec l'une de ses étudiantes... Dans le village, on en a très peu parlé. Il ne se mélangeait pas aux gens, n'avait pas d'amis. Il restait dans sa belle bastide, avec ses livres... Les gendarmes sont sans doute allés perquisitionner sa maison, rien n'a filtré. La piste locale ne les a pas intéressés longtemps... Tous les enfants de notre époque l'avaient oublié. Sauf moi ! »

La nuit était tombée depuis longtemps. La clarté de la neige, sous la lune, blanchissait la pénombre autour de nous. Il devait faire un froid de canard dehors. La pièce était glaciale brusquement. Posées sur ses cuisses, les mains de Pascal tremblaient, ses épaules aussi.

Je suis sorti prendre deux grosses bûches que j'ai disposées en croix, sur les braises mourantes. Pascal s'est remis à parler, d'une voix beaucoup plus faible, plus lente, brisée.

« Tu ne peux pas savoir le bien que ça m'a fait de raconter tout ça. Toute cette saleté, ce cauchemar... C'était insupportable... Je ne pouvais plus avancer. J'étais broyé... J'ai fait la moitié du chemin... Je vais aller à la gendarmerie. Je vais tout leur dire. On ne peut pas vivre sous un poids pareil... Il y a des mois que je me traîne. Je ne peux plus me regarder dans une glace. Je me fais horreur... Si je ne le dis pas, je vais mourir. »

J'ai attendu que de belles flammes jaunes et vertes enlacent les bûches et j'ai repris ma place près de lui.

« Tu as fait sans doute ce qu'il y a de plus grave, Pascal,

tu as pris la vie d'un homme... Tu l'as fait dans un moment de souffrance insoutenable. Que tu te sois trompé ou pas, c'est un crime passionnel... Tu étais devenu quelqu'un d'autre. Un fou, un égaré... Tu as tué quelqu'un, et tu peux à présent en tuer trois autres. Aline et tes deux filles... Si tu racontes aux gendarmes ce que tu viens de me révéler, tu passeras vingt ans dans une cellule. Ta femme et tes filles se laisseront mourir dc chagrin... Et l'homme continuera à pourrir dans le ravin... Tu m'as demandé si j'avais remarqué le sourire d'Aline... J'ai vu ce sourire, lorsqu'elle te regarde, lorsque vous êtes ensemble. Il ne pouvait pas être plus beau lorsqu'elle regardait cet homme. Il est merveilleux, ce sourire... Cette femme t'aime avec chaque millimètre de son corps, avec toute la force de son cœur. Tu es devenu sa vie... Tu la tuerais, Pascal !... J'ai vu aussi le sourire de tes deux filles, lorsque tu es là. C'est le même que celui de leur mère. C'est la même lumière, le même amour passionné... Si tu mets un pied dans cette gendarmerie, tu les tueras toutes les trois. Tu es ce qu'elles ont de plus cher... Rentre chez toi, Pascal, protège-les ! Aime-les encore plus !... Construis avec Aline cette immense librairie. Ce bloc de pierre que tu avais dans le ventre, on va le porter tous les deux. On va en partager le poids... Je t'aiderai, Pascal. Tu avais besoin de tout dire à quelqu'un. Je suis ton ami. Ça sert à ça, un ami, à ne pas mourir, quoi qu'on ait fait... Je vais te raccompagner, tu as vu l'heure... Il y a trois femmes qui ne savent pas où tu es et elles meurent déjà d'inquiétude... »

Je l'ai pris par le bras et je l'ai aidé à se relever. Il tenait à peine debout. Lui, le grand sportif, n'arrivait plus à mettre un pied devant l'autre. Je l'ai soutenu jusqu'à ma voiture. La neige commençait à geler. Elle craquait sous nos pieds. Je lui ai dit :

« Regarde ce monastère, Pascal, et oublie-le... Regarde cette beauté, cette pureté... Si Dieu existe, de temps en temps peut-être, il efface tout. »

Nous avons roulé très lentement. Les pneus mordaient la poudreuse. Nous étions tous les deux épuisés. On y voyait comme en plein jour. Jusqu'au trait noir des forêts, les champs étaient bleus. Nous avons traversé Riez sans apercevoir âme qui vive, la clarté de la neige éteignait les lampadaires.

Je l'ai déposé au bas de son chemin. Ses yeux étaient boursouflés. Il était méconnaissable. Je l'ai serré très fort dans mes bras.

« Dis à Aline que nous avons un peu bu... Beaucoup... Monte te coucher... »

Il a attaqué la côte. Derrière les arbres, sa maison l'attendait. « L'amour est une main douce qui écarte lentement le destin », ai-je pensé. Qui avait écrit une chose aussi juste ? L'amour réparerait-il ce qu'avait fait l'amour ?

7

LE CAHIER

Il était 4 heures de l'après-midi lorsque je me suis réveillé, le lendemain. Une pâle lumière éclairait encore les dalles de pierre, dans la maison de l'évêque. Je n'avais même pas fermé les volets. Mes jambes n'étaient pas plus solides que celles de Pascal, lorsque je l'avais laissé au bas de son chemin. Je l'avais aidé avec chacun de mes muscles, chacun de mes nerfs, à cracher cette tumeur.

La neige avait gelé dehors. Enfant, je ne dessinais que des paysages de neige, pour la faire tomber. Lorsqu'elle recouvrait les rues, on n'allait pas à l'école. À Marseille il ne neigeait jamais.

Je venais de vivre neuf mois hors du temps, dans ce monastère. Neuf mois de silence et de tumulte. J'ai pensé au corps de cet homme dans cette terre froide, quelque part au fond d'un ravin.

Une fois de plus, j'ai cherché la paix en ouvrant un cahier. J'ai fait du feu, du café. Nous avons partagé des sardines et des œufs, avec Solex, et je me suis assis devant le bureau de l'évêque.

Depuis neuf mois, mes mains n'avaient plus caressé le corps d'une femme. J'ai caressé la peau douce et blanche de mon cahier, et mon stylo s'est mis en marche.

J'ai écrit sans presque relever la tête, en ne regardant que ma main. Pendant des jours, j'ai écrit une histoire qui n'avait rien à voir avec ce que je venais de vivre, et cependant tout y était, les soirs d'été, la tiédeur des murs, la respiration des forêts, la peur, la lumière des saisons sur les toitures brûlées du monastère, le besoin d'aimer, la solitude, la neige, l'amitié, le visage des morts, l'or des jours qui s'éteint doucement…

Ma main dessinait le mystère et la force de chaque mot.

Solex se couchait contre mon cahier et s'endormait en regardant ma main remuer imperceptiblement.

Un jour, on se met à écrire, pour entendre la voix lointaine de nos mères. Lorsque j'écris, j'entends la voix de la mienne. Elle me lisait le soir, devant le poêle à charbon de notre cuisine, des livres qui me faisaient rêver, pleurer, découvrir le monde… Je n'entends sa voix que lorsque j'écris, dans le silence de la page blanche. Les mots que je trace lentement m'enveloppent de sa tendresse, de son regard profond, de la douceur de sa petite veste de coton rouge, contre laquelle je m'endormais. Je n'ai jamais été aussi paisible et confiant qu'en écoutant la voix de ma mère. Je suis devenu écrivain pour l'entendre chaque jour. Elle vit dans tous les cahiers que j'ai ouverts. Elle marche sur chaque ligne, comme je la regardais venir dans les rues de Marseille, se pencher vers moi, m'inonder de son sourire, de sa jeunesse. Elle est là, aussi tiède et proche que ce chat qui me regarde, ronronne et s'endort. Dans nos cahiers, nous ne cherchons que l'amour. Ma main droite avance lentement, à la recherche de l'amour. Il n'y a que des mots d'amour, les autres n'existent pas. Je vais chercher, au fond de moi, toutes les routes que j'ai parcourues, celles qui m'attendent. Les visages que j'ai aimés, les autres ont disparu dans la brume de la mémoire. Oublierai-je le visage de cet homme que je n'ai jamais vu ?

Pendant huit jours j'ai écrit, le matin, le soir, la nuit… Je m'endormais sur mon cahier, ma tête contre le ventre chaud de Solex. Lorsque, vers 5 heures, la pâleur de ma main s'éteignait, j'allumais la petite lampe du bureau et je rentrais des bûches pour la nuit. Je partageais, sur le pouce, trois fois rien avec Solex, et je replongeais entre mes pages.

À perte de vue, la campagne et le ciel étaient aussi blancs que mon cahier, seule une croix de Malte, sculptée sur une porte, les séparait. Et quand je me penchais, mon cahier était aussi vaste que la terre et le ciel.

J'étais venu ici au début du printemps pour retrouver le courage d'ouvrir ce cahier que je ne touchais pas depuis deux ans. Rien ne fait plus peur qu'un cahier, quand on pense n'avoir plus rien à dire. Du fond de sa détresse, Pascal m'avait donné ce courage. À présent, je pouvais partir.

J'ai réuni mes quelques vêtements, mon vieil ordinateur, et j'ai tout entassé dans mon sac de voyage. Il n'était pas plus lourd qu'à mon arrivée.

En rangeant mes stylos, j'ai aperçu le petit revolver sur le bureau. Il était encore chargé. On voyait, dans les six alvéoles du barillet, le petit ventre rond des balles. J'ai pensé un instant aller le jeter dans la forêt, l'enterrer… Trop de choses avaient déjà été enterrées dans ce vallon. Je l'ai laissé tomber dans mon sac.

Qu'allais-je faire des clefs ?… Je me suis assis au bureau. J'ai pris une feuille blanche et j'ai écrit à OK Dinghy, le protecteur de plus d'un siècle d'histoire :

Cher compagnon de hasard,

J'ai aimé notre rencontre et ces longues heures d'été, à bavarder sous ces platanes centenaires. J'aime les évadés, les rebelles. C'est la première fois que je vis sous une croix. J'y ai connu les plus beaux et les pires jours de ma vie. Je vais aller un peu plus loin. Faire quelques tours de ces ronds-points, dont on parle tant aujourd'hui. Le monde tournera toujours dans le même sens.

Ce monastère devrait t'appartenir, recoin par recoin tu l'as rebâti, protégé. Viens vivre avec ta famille dans la maison de l'évêque. Les murs sont épais, il y fait frais l'été. Installe un gros poêle en fonte pour l'hiver. Pour avoir un peu chaud, il faut entrer tout entier dans la cheminée.

Les choses appartiennent à ceux qui veillent sur elles, les aiment, pas à ceux qui vivent sur des yachts, dans des îles qui n'existent pas, et qui ne savent même pas dans quelles tours de verre leur fortune travaille, sur des caves pleines d'or que personne ne voit. Cet homme nous paie, il ne sait pas que nous existons. Il a sans doute oublié ces collines si belles, qu'il a aimées pendant une heure, entre deux palaces étincelants.

Bonne chance, OK Dinghy ! Je te laisse les clefs du domaine, tu es chez toi ! Les moines avaient le sens de la beauté, du silence, de l'équilibre. Malgré le chaos que j'ai pu traverser, j'ai été heureux ici, parfois, surtout au début de l'été. Je n'avais jamais autant transpiré, jamais dormi aussi profondément.

J'ai retrouvé entre ces vieilles pierres, sous ces tentures de vigne vierge, les quelques mots qui m'ont aidé à ne pas faire trop de mal autour de moi, à chaque étape de ma vie. Tout le monde n'a pas la chance d'avoir une mère qui nous offre, dès le premier jour, ce que nous avons de plus fort, la douceur. Tu as fui ton pays, ta mère est restée là-bas, en Inde. Elle doit être très douce, quand tu parles, on la voit dans tes yeux.

Je t'embrasse, vieux marin des hautes terres !

BERNARD DE CLAIRVAUX

J'ai glissé la lettre dans une enveloppe kraft, avec les clefs des trois bâtiments, et je suis allé la déposer dans la cellule qu'il était en train de retaper, dans la galerie nord. Là, j'étais certain qu'il la trouverait.

Lorsque j'ai pris mon sac, Solex a fait faire un demi-tour à ses oreilles. Depuis un moment, elle observait mon manège. Je n'ai pas eu à lui faire le moindre signe, elle s'est plaquée contre ma cheville et jusqu'à la voiture, personne n'aurait pu la décoller.

Le gel avait formé une croûte dure sur la neige. Elle craquait comme un pain qui sort du four. Des guirlandes de poignards de glace pendaient le long des génoises et autour du grand vitrail de la chapelle. Il faisait un froid magnifique. La route devait être propre un peu plus bas.

J'avais attendu le soir pour partir. J'aime rouler la nuit sous de vastes ciels noirs. Les routes sont désertes.

Solex était assise sur le siège passager. Elle m'observait.

Jamais ses yeux n'avaient été aussi ronds et fixes d'étonnement. Je lui ai gratté le front et le bout du nez. « Nous voilà partis pour de nouvelles aventures, fillette ! Attache ta ceinture ! »

Le ruban noir de la route filait dans des paysages luminescents.

Nous avons traversé des villages. Une maison sur trois était éclairée. Des familles continuaient à vivre autour de tables rondes en noyer, des familles continuaient à vieillir. On n'imagine pas, enfant, que d'autres vivront dans notre cuisine, plus tard, joueront entre les pieds de la table, en attendant le repas, en écoutant les parents rire, se disputer, se faire des cheveux blancs en pensant à notre avenir. On ne se doute pas, quand on joue dans une cuisine, que quelqu'un passe sur la route et regarde cette fenêtre éclairée.

Je traversais des forêts, débouchais sur les trois lumières d'un hameau, au croisement de vallées. Je n'avais aucune idée de la direction à prendre. Rouler me suffisait : « S'éloigner avec une majesté d'ivrogne vers l'océan, là-bas, où grondent de très vieux tangos. » Je n'avais jamais oublié cette phrase, écrite par un ami, il y a belle lurette. Chaque départ est un tango, mélancolique et plein d'espoir.

Pourquoi pas l'océan, après les territoires de mon enfance ?

J'ai pensé à une autre librairie, où quatre jeunes femmes m'avaient accueilli en riant, quelques années plus tôt, « La Colline aux Livres » à Bergerac. Elles parlaient de littérature en s'amusant, en buvant du café, en dansant entre les tables écrasées de livres. À midi elles allaient manger des crêpes, de l'autre côté de la place.

Ces quatre jeunes femmes auraient peut-être une idée pour les mois qui m'attendaient. Leur rayonnante jeunesse devait ouvrir pas mal de portes, dans ce pays de vignes et de châteaux. Il y aurait bien quelque part un prieuré, une abbaye, un donjon à garder, à défricher…

Maintenant que mon cahier était noir de mots, je pouvais recommencer à transpirer et à dormir.

Dans trois jours, ce sera Noël, j'appellerai Aline et Pascal. J'achèterai une boîte de foie gras que je partagerai avec Solex. Si elle avait neuf mois, cette peluche, c'était le bout du monde ! Elle n'avait connu que le monastère et moi. Un chat d'écriture et de silence.

Où nous mènerait cette nuit ?… À chaque virage ses yeux ronds et bleus me le demandaient, avec une profonde inquiétude et une confiance absolue.

Les jours allaient se remettre à grandir. Nous roulions vers le printemps, vers des jardins.

22 décembre 2018

Composition : Entrelignes (64)
Achevé d'imprimer
sur Roto-Page
par l'Imprimerie Floch
à Mayenne, en avril 2019.
Dépôt légal : avril 2019.
Numéro d'imprimeur : 94314.

ISBN 978-2-07-285274-9 / Imprimé en France.

354288